KB144999

BBULMEDIA

BBULMEDIA

GREEN HEART

그린 하트

GREEN HEART

1판 1쇄 찍음 2017년 2월 22일
1판 1쇄 펴냄 2017년 3월 2일

지은이 | 미르영
펴낸이 | 정 필
펴낸곳 | 도서출판 **뿔미디어**

편집장 | 문정흠
기획 · 편집 | 한관희

출판등록 | 2002년 9월 11일 (제1081-1-132호)
주소 | 경기도 부천시 원미구 소향로 17번길(두성프라자) 303호 (우) 14544
전화 | 032)651-6513 / 팩스 032)651-6094
E-mail | bbulmedia@hanmail.net
비북스 | http://b-books.co.kr

값 8,000원

ISBN 979-11-315-7778-3 04810
ISBN 979-11-315-7392-1 04810 (세트)

※파본은 구입하신 서점에서 교환하여 드립니다.

되찾은 기억

GREEN HEART
그린 하트

미르영 현대 판타지 장편 소설

CONTENTS

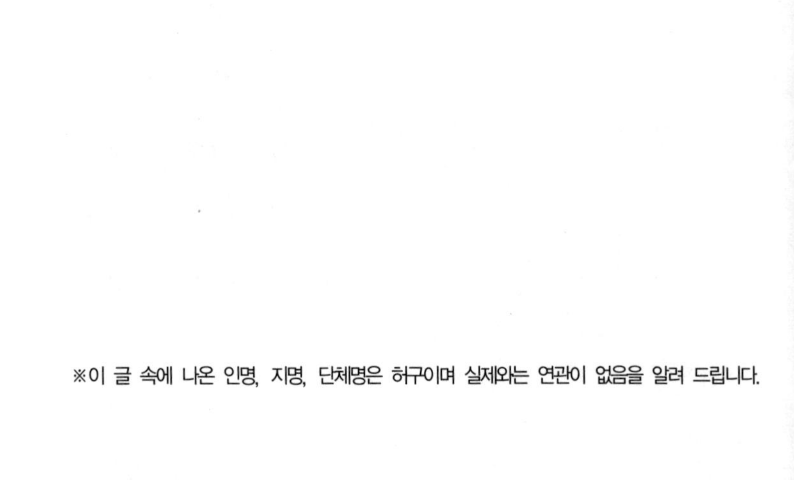

※이 글 속에 나온 인명, 지명, 단체명은 허구이며 실제와는 연관이 없음을 알려 드립니다.

제1장

연미에게 젠의 분신을 심는 것이 끝났다.

연미와 아이에게 각자 심는 것이라서 어려울 것 같았는데 미리 준비라도 한 듯 젠은 손쉽게 끝냈다.

'이게 뭐지?'

— *두려워하지 않아도 돼, 연미야.*

마음속으로 들려오는 내 의지에 놀란 듯 연미가 눈을 동그랗게 떴다.

— *생각만으로도 대화가 가능하니까 물어 볼 것이 있으면 물어봐.*

— *차훈아. 이거, 전음 같은 거니?*

— 아니, 텔레파시라고 하는 거야.

— 텔레파시라니? 내가 가지고 있던 능력이 돌아오지 않은 것 같은데 이게 어떻게 가능한 거야?

연미의 능력은 아직 돌아오지 않았기에 이상한가 보다. 어차피 사실대로 알려 줄 생각이지만 잘 받아들일 수 있을 지 걱정이다.

'그래도 사실대로 말해 줘야겠지.'

연미도 알아야 하는 일이니 숨기고 싶지 않다. 이해를 해줬으면 좋겠다.

— 연미야, 내가 너에게 에고의 씨앗을 심었어.

— 에고를 심다니 무슨 말이야?

놀랄 만도 한데 연미가 침착하게 묻는다.

— 원래 내가 가지고 있는 에고의 분신 같은 것인데 너를 위해서 심어 두었어. 내가 에고를 심은 것은 너를 보호하기 위해서야.

— 나를 보호하기 위해서 에고를 심었다고?

— 그래, 너와 아기를 보호하기 위해서 말이야. 너를 원래대로 되돌리고 싶지만 아기가 에테르를 가지고 있어서 네 능력을 회복시키는 것이 지금으로서는 무리야. 나로서는 너를 보호할 방법이 필요했고, 그래서 심은 거야.

— 네가 내가 가지고 있었던 능력을 회복시켜 줄 수 있는데 아기 때문에 못한다는 거야? 그래서 에고라는 것을 나에게 심

었고.

— 그래.

— 좀 더 자세하게 이야기를 해봐. 나도 알아야 할 것 같으니 말이야.

아이와 연관이 된 때문인지 연미가 캐물었다.

— 말했다시피 아기 때문에 네 능력을 회복시키기가 힘들어. 그런데 지금은 상황이 여의치 않아. 내가 옆에 없으면 둘 다 위험할 수 있을 것 같아서 에고를 심어야 했어. 에고는 일종의 정신체야. 내 의지가 담겨 있어서 너에게 위험할 일은 없을 거야.

— 그러니까 네 의지로 만들어진 정신체라는 거구나?

— 맞아. 너나 아기가 위험해지면 에고들이 일차 방어를 해 줄 거고, 그 시간이면 어디에 있던지 공간 이동으로 내가 네 옆으로 올 수 있을 테니 그렇게 한 거야, 이해를 해줘.

— 무슨 말인지 알았어.

연미가 기분이 나쁘지는 않은 것 같다. 오히려 살포시 미소를 짓는 것이 기분이 좋은 것 같다.

— 그런데 차훈아. 우리 아이가 에테르를 가지고 있다는 게 사실이야?

— 그래, 아직 어떤 능력을 가지고 있을지 모르지만 꽤 순도가 높은 에테르를 가지고 있는 것 같아. 아기에게도 에고를 심었어. 내가 심어 놓은 에고가 바르게 자랄 수 있도록 도울 테니까 너무 걱정하지는 말고.

— 으음, 알았어.

— 그래. 이제는 이곳을 떠나 평양으로 가야 할 것 같아. 아무도 모르는 장소가 필요한데 혹시 아는 곳 있어?

— 나야 우리 집밖에는 모르지. 하지만 우리 집이라면 부모님이 거의 계시지 않으니까 간다고 해도 별다른 문제는 생기지 않을 거야.

— 집으로 가자고?

— 그래. 거기보다 안전한 곳은 없을 것 같아. 부모님이 너나 나를 본다고 해도 말이야. 두 분은 나와 동생들이 최우선이니까.

— 알았어. 그러면 집에 있는 네 방에 대해서 생각을 해봐. 좌표를 모르니 네가 생각하는 대로 공간 이동을 하게.

— 알았어.

— 아저씨들에게는 내가 말할게.

— 그래.

연미와의 대화를 끝내고 아저씨들에게 눈길을 돌렸다.

"지금 곧바로 평양으로 갈 생각에요."

"지금 바로 말이냐?"

강신 아저씨가 눈을 동그랗게 뜨고 묻는다.

"예, 공화국을 떠나기 전에 챙겨야 할 것들이 있으니까요."

"우리가 너에 말해 준 것들 때문이니?"

"맞아요. 공화국을 벗어나기 전에 저는 아주 바쁘게 움직여야 할 것 같아요. 아저씨들이 말씀해 주신 것들은 제가 신경을 쓸 수 없으니까 직접 챙겨 주세요."

"알았다. 지금이라면 그것들을 챙기는데 문제없을 테니 그렇게 하마."

"그럼 평양으로 가지요. 제 몸에 손을 대세요."

"그러마."

이미 공간 이동을 경험한 탓인지 아저씨들은 스스럼없이 내 몸에 손을 댔다.

'어차피 해드려야 하니 각인을 새겨놓자.'

공간 이동을 하기에 앞서 아저씨들을 위해 손에 각인을 하나씩을 새겼다. 모든 같은 종류이기는 하지만 아저씨들에게 큰 도움이 될 터였다.

'일단 좌표부터 찾자.'

자신의 집을 생각하고 있는 연미의 손을 잡았다. 연미의 생각이 밀려들어오며 좌표가 명확해 지기 시작했다.

'꽤 예쁘게 꾸며 놓았구나. 깨끗한 것을 보니 계속해서 관리를 한 모양이다.'

좌표가 선명해지자 공간 정보가 들어온다. 공간 이동의 목표는 평양에 있는 연미의 방이었다.

팟!

공간이 살짝 일그러지며 이동을 했다. 잠시 후 새로운 전경이 눈에 들어왔다. 잘 꾸며진 연미의 방 안이었다.

"연미야."

"왜?"

"아무래도 집 안에 누가 있는 것 같은데."

강하게 느껴지는 에테르의 파장이 집 안에 가득했다. 초월자에 근접한 능력자자 둘이 연미의 집에 머물고 있었다.

"지금 이 시간에는 있을 사람이 없는데?"

"안 방 쪽이야."

도착하는 순간 집 안의 구조를 확인했기에 에테르 파장이 흘러나오는 곳이 안방임을 알려주었다.

"어떻게 안 거니?"

"상당한 에테르 파장이 둘이나 있어서 그래."

"아빠, 엄마는 지금……."

"네 부모님은 왜?"

"네가 상당하다고 할 정도면 우리 부모님밖에는 없을 거야. 연구소의 일이 알려졌을 수도 있으니 집에 계실 가능성이 아주 높아."

"이곳에 계시다는 말이야?"

"집 안에 큰일이 생기면 엄마는 집을 벗어나길 싫어하시거든. 엄마가 집에 있다면 아빠도 당연히 같이 계실 거고."

연미의 아버지인 추상철은 공화국 수뇌부에서도 굉장한 공처가라고 알려져 있다. 나이가 상당히 차이가 나는 아내에게 거의 매이다시피 한다는 것이 소문이 제대로 난 상황이다.

"그럴 가능성이 높겠다. 일단 네 방에 쳐진 결계를 지워야 할 것 같다."

"결계를 쳤었어?"

"우리들이 평양에 있다는 것이 알려지면 곤란해서 이곳에 오자마자 결계를 쳤어. 결계를 거두면 아마도 네 부모님이 이리로 올 거야."

"그렇겠지. 그 정도는 금방 알아차릴 분들이니까. 아저씨들은 다른 곳으로 가야 할 것 같은데요."

연미 부모님과 아저씨들의 만남은 그다지 좋은 선택이 아니었기에 아저씨들에게 말했다.

"걱정하지 마라. 밖으로 내보내 주기만 하면 우리가 알아서 할 수 있으니 그렇게 해다오."

"알았어요. 제 몸에 손을 대세요."

팟!

아저씨들이 나에게 손을 대기 무섭게 공간 이동을 통해 밖에 다녀왔다.

"가셨어?"

"그래."

일단 결계를 걷었다. 안방에 있던 에테르 파장이 움직이기 시작했다.

"좋게 말할 때 그곳에서 나와라."

굵직한 방 밖에서 목소리가 울렸다.

"나가야 할 것 같은데."

"네가 먼저 나갈 테니까 내 뒤만 따라와. 엄마가 보기보다는 무섭거든."

"그래, 알았다."

연미를 따라 밖으로 나갔다.

앳되어 보이는 연미의 어머니와 아버지가 밖에서 에테르를 잔뜩 끌어올린 채 연미의 방을 노려보고 있었다.

"여, 연미야!"

"연미야."

"엄마, 아빠."

연미가 조르르 달려가 엄마 품에 안겼다. 연미의 아버지는 나를 노려보고 있었다.

"그렇게 노려보지 마. 아빠."

"아, 알았다. 그런데 어떻게 된 거냐? 러시아에서 안 좋은 소식이 왔는데 말이다."

"연구소가 습격을 받았어. 차훈이 덕분에 위험해 지기 전에 이곳에 올 수 있었고."

"으음, 공간 이동이 가능한 거냐?"

"그래. 차훈이가 아니었으면 죽었을지도 모르니까 너무 무섭게 쳐다보지 마."

"크음, 알았다."

연미가 목소리를 높이자 눈에 기운을 푸는 것을 보니 공처가이자 딸 바보가 분명하다.

“일단 앉아요. 어떻게 된 일인지 궁금하니까.”

차분한 목소리로 연미 어머님이 말씀하신다. 하지만 노려보는 것은 연미 아버지보다 더하다.

‘아무래도 연미가 아이를 가진 것을 알아차리신 것 같구나. 흑운 내에서도 손에 꼽힐 강자라고 하더니.’

연미를 안는 순간 이상이 있다는 것을 알아차린 것이 분명했다. 아이를 가진 여자는 모든 것이 달라지는 것이 말이다.

“예.”

조심스럽게 응접실에 있는 소파에 가서 앉았다.

연미는 자연스럽게 내 옆에 앉았고, 두 분은 우리를 마주하고 자리에 앉았다.

“습격이 있었다고 하는데 누가 습격을 한 거죠?”

“십자동맹이 러시아에서 연구하고 있는 것을 노리고 온 것 같았습니다.”

“십자동맹이라니 무슨 말이죠? 우리가 듣기로는 블랙 엑스와 화이트 나이트가 연합을 해서 습격을 했다고 했는데 말이죠.”

“아마 그들은 십자동맹의 유인에 걸려들었을 겁니다. 십자동맹은 연구소를 습격하고 난 뒤에 곧바로 떠났으니 말이죠.”

“유인에 걸려들다니 무슨 말이죠?”

“자동 폭파 장치가 가동이 된 후에 연구소로 들어오는 자들이 있었는데 에테르가 폭발하면서 대부분 죽었습니다. 십자동

맹에서 나온 자들이 연구한 자료들을 먼저 쓸어 갔는데 그만한 인원이 다시 올 리 없으니 화이트 나이트나 블랙 엑스는 유인되어 연구소로 온 것이 틀림없습니다."

"으음."

연미 아버지가 눈살을 찌푸리며 신음을 흘린다. 연구소 습격과 관련해서 심상치 않은 일들이 벌어지고 있다는 것을 본능적으로 느낀 모양이다.

연미 어머니도 그런 점을 느끼셨는지 심각한 표정을 지으신다.

"차훈 군은 어떻게 그런 사실을 아는 거죠? 공화국에 있을 때는 의학만 배운 것으로 알고 있는데 말이죠."

"연구소에 있는 미하일 소장으로부터 이면 조직들에 대해 들었습니다. 연구하고 있는 프로젝트가 아무래도 능력과 관계된 것이라서 설명을 해주더군요. 그리고 무엇보다 연구소에 있는 자료 중에는 세계 각지의 능력자들과 이면 조직에 대한 데이터베이스도 있었고 말이죠."

"그렇군요. 알았어요."

어느 정도 의심이 풀린 듯 잔뜩 끌어올려진 에테르가 가라앉는다. 하지만 눈초리는 여전히 매섭기 그지없었다.

"그나저나 우리 연미에게 아주 특별한 일이 생긴 것 같은데. 어떻게 된 거죠?"

아니나 다를까 연미 어머님이 묻는다.

"어, 저 그게……."

"차훈이는 잘못한 것 하나도 없어. 모두 내가 원해서 그런 거니까."

뭐라고 해야 할지 망설이고 있는데 연미가 나섰다.

"연미야, 스스로 선택을 한 거니?"

"응, 능력을 소진시킨 것도. 차훈이를 원한 것도 모두 내가 결정을 한 거야."

"휴우, 그것이 어떤 결정인지 잘 알면서도 그렇게 할 수밖에 없었던 거니?"

"알아. 엄마가 말해 준거 다 기억하고 있었어. 그래도 나는 차훈이가 좋은 걸."

"알았다. 네가 그리 결정을 했다니."

연미 어머니가 고개를 젓는다.

두 사람의 대화가 무엇을 뜻하는지 모르겠다.

어리둥절한 것은 나뿐만이 아닌 것 같다. 연미 아버지도 불안한 눈초리로 두 사람을 보고 있다.

"여, 여보!"

"이제부터 여자들끼리의 대화할 테니까 두 사람은 알아서 하세요."

"아, 알았어."

잔뜩 기가 죽은 모습에 처량해 보이는 연미 아버지다. 그런 모습을 보면서 연미 어머니가 고개를 젓는다.

"휴우, 두 사람도 대화나 나눠 봐요. 이제부터 우리는 가족이니까요."

"가족?"

"사위하고 장인이 친하게 지내야 할 거 아니에요."

"헉! 다, 당신 지금……."

"이제는 저 녀석이 당신 사위에요. 그리고 자네는 장인어른 잘 모시고."

"예. 어머님."

"당신도 앞으로 잘해 줘야 할 거에요. 연미가 반려로 택한 아이니까요."

연미의 남편으로 인정을 해주는 것 같아 고마웠지만 장인어른의 반응이 심상치 않다. 반려라는 말에 장인어른의 안색이 심각해졌다.

'뭐지?'

아까부터 대화가 조금 이상하다. 무엇보다 연미를 바라보는 두 분의 눈에 안타까운 빛이 역력하다. 내가 알지 못하는 뭔가 있는 것이 분명하다.

"따라 와라."

묵직한 오조로 말씀 하신 후 자리에서 일어나신다. 지금까지 보여준 모습과는 다른 모습이다.

장인어른을 따라 서재 쪽으로 향했다.

"거기 앉아라."

서재로 들어서자 장인어른이 자리를 권했다.

"예."

"연미가 네 반려가 된 것이 맞는 거냐?"

"그렇습니다. 아끼고 사랑해 줄 겁니다."

"휴우, 일이 그렇게 되다니. 연미가 저런 모습인 것을 보면 아이가 있는 것이겠구나."

"죄송하지만 그렇게 됐습니다."

"휴우, 어쩌다가……."

한숨을 쉬시는 것을 보니 아무래도 내가 모르는 사정이 있는 것 같다.

"도대체 무슨 일인 겁니까?"

"연미가 너를 반려로 선택을 했다니 말을 해줘야겠지."

"말씀해 주십시오."

"사실 연미는 준비된 아이네."

"준비된 아이요?"

"자네는 이해하기 어렵겠지만 연미는 세상의 파멸을 막을 존재와 엮어질 운명의 아이였다네."

"무슨 말씀인지 잘 모르겠습니다."

"스팟과 게이트가 나타나며 차원과 세계의 경계가 모호해지기 시작했다는 것은 매영과도 연관이 있는 자네라면 알고 있을 것이네."

"그렇기는 합니다."

"이면 조직들은 능력과 다른 세계의 자원을 얻게 돼서 좋아들 하고 있지만 사실 그리 좋아할 일이 아니네. 스팟과 게이트는 종말로 향해 가는 시작이니까 말이야."

"그게 무슨 말씀입니까?"

"휴우, 다 내 잘못이네. 가이아의 선택을 받은 이를 가진 내 잘못이야."

장모님과 관련이 있는 이야기 같다.

"눈치를 챘겠지만 연미의 엄마는 특별한 능력자네."

"그런 것 같았습니다."

"아내의 능력이 특별한 것은 이곳 지구의 조율자인 가이아의 선택을 받은 사람이기 때문이라네."

브리턴에는 하탄이라는 마나 마스터, 즉 조율자가 있었기는 하지만 그들은 일곱 세계의 조율자에 의해 만들어 진 아바타일 뿐이다.

브리턴은 창조주의 실험실이었다. 창조주가 직접 주관해서 실험을 한 브리턴에는 창조주의 아바타라고 할 수 있는 마나 마스터가 없었다. 주관자인 창조주가 있는데 아바타가 있을 필요가 없는 것이다.

지구도 마찬가지다. 창조주의 아바타인 마나 마스터가 있을 수가 없다. 그런데 가이아라니 이상한 일이다.

"가이아라니? 연미 어머님이 가이아란 존재의 선택을 받았다는 겁니까?"

"그렇다네. 자네는 가이아에 대해 알지 못하는군."

"들어본 적이 없습니다."

"후후후, 이 세계를 주관하는 존재가 가이아네."

"가이아라는 존재가 신이라도 되는 겁니까?"

"신하고는 조금 다르네. 이 세계, 즉 지구를 운영하는 존재라고 보면 되네."

"으음, 그런 존재가 있었다니……."

가이아라는 존재가 새삼스럽다. 가이아도 다른 존재에 의해 만들어진 아바타일 가능성이 아주 컸다.

"지구로 열린 스팟과 게이트를 닫기 위해 가이아는 집사람을 선택했네."

"스팟과 게이트를 닫기 위해서요?"

"그렇네. 아까도 말했지만 스팟과 게이트로 인해 이 세계는 파멸로 가는 중이었네. 세계가 연결되며 지구로 흘러들어오기 시작한 에테르들로 인해서 말이지."

"동화되고 있기는 하지만 성질이 달라서 본격적으로 유입이 되면 충돌을 일으킬 것이고, 끝내 폭발한다면 이 세계는 종말을 고하겠군요. 가이아란 존재는 그것을 막기 위해 장모님을 선택했다는 겁니까?"

"그렇네. 자네 장모는 스팟과 게이트를 변화시킬 수 있는 힘을 타고 났네."

"장모님께서 스팟과 게이트를 변화시킬 수 있다는 말입니까?"

"그렇네. 아예 닫아버리거나 성질을 완전히 변화시킬 수 있는 능력을 가지고 있었지만 가이아의 의도는 실패하고 말았네."

"실패라고 하시면……."

"내가 아내를 가지면서 가이아의 안배가 틀어지고 말았네. 나로 인해 아내가 연미를 가지게 됐고, 지니고 있는 능력들이 변질이 되어 버렸으니 말이야."

"으음."

"하지만 가이아는 포기하지 않았네. 더 많은 가능성을 발견해서였지."

"더 많은 가능성이라면, 설마! 연미를 말하는 겁니까?"

"그렇다네. 아내 보다 연미가 가진 능력이 이 세계를 안정시키는데 적합했네."

"그렇군요. 그렇다면 연미도 저 때문에……."

가이아의 안배가 나로 인해 아기를 가지면서 틀어진 것일 수도 있다는 생각에 미안한 생각이 들었다.

"가이아는 허술한 존재가 아니네. 나로 인해 한 번 실패를 했기에 조금 안배를 남겼네. 사실 내가 연미 엄마를 가질 수 있었던 것은 세계가 복구되는 과정에 있었기 때문이네. 연미 엄마로 인해 앞으로 열릴 스팟과 게이트의 성질이 변화는 와중에 이상이 발생을 해서 미처 신경을 쓰지 못하던 차에 내가 연미 엄마와 맺어진 것이니 말이네. 가이아는 그런 실수를 반복하지 않기 위해 이중의 안배를 남겼네. 연미가 진심으로 원하는 반려를 만나고, 자신의 모든 것을 주었을 때만 새로운 안배가 작동하도록 말이야."

"그럼?"

"맞네. 자네가 가이아가 만든 최후의 안배네. 가이아는 연미의 반려에게 모든 것을 맡기기로 했으니 말이야."

"그렇지만 전 가이아를 한 번도 만나 본 적이 없습니다."

"그럴 것이네. 아직은 때가 되지 않았으니 말이야. 하지만 때가 되면 가이아를 볼 수 있을 거네."

"때가 되지 않았다니 무슨 말씀입니까?"

"아마 자네가 연미와 하나가 된 지 이제 겨우 두 달 정도 되었을 것이네. 내 말이 맞는가?"

"그, 그렇습니다."

"아마도 백 일이 되면 가이아가 자네에게 의지를 보내 올 것이네."

"그러니까, 백 일이 되면 가이아와 제가 접촉을 할 수 있다는 말씀입니까?"

"그렇다네. 자네도 그날이 되면 가이아를 확실히 인지할 수 있을 것이고 말이야."

"이제 얼마 남지 않았으니 가이아가 어떤 존재인지 금방 알 수 있겠군요."

"사실이네. 나 또한 그렇게 해서 가이아란 존재를 알게 되었으니 말이야."

"알겠습니다. 그런데 어떻게 스팟이나 게이트를 닫거나 변환을 시키는 겁니까?"

"그건 나도 잘 모르지만 가이아의 의지가 나와 집사람에게 전한 대로라면 연미의 반려로 선택이 된 이라면 지금까지의 가능성보다 훨씬 성공 확률이 높다고 했네."

"그렇군요."

대략 상황을 파악했지만 마음이 좋지 못하다. 장인어른의 눈가에 어리는 근심을 본 탓이다.

"제가 반려로 선택되어 가이아가 전한 의지처럼 된다고 치고, 연미는 어떻게 되는 겁니까?"

"사실 위험하네."

"위험하다니 무슨 말씀입니까?"

"연미가 가진 아이에게는 가이아의 안배가 깃들어 있을 확률이 높네. 자네가 실패했을 경우를 대비한 안배라네. 출산을 하게 되면 연미는 존재 자체가 사라질 것이네."

"소멸한다는 겁니까?"

"그럴 확률이 높네. 연미 엄마도 그랬었네. 흑운의 수장을 맡고 있었던 내가 그동안 축적해 온 것이 없었다면 연미 엄마도 벌써 소멸했을 테니까."

"딸을 낳으시고 소멸의 길로 들어 선 장모님을 살리신 것이 아버님이시군요."

"후후후, 내 모든 것을 주는 것이었지만 전혀 아깝지 않은 일이었지."

가이아의 안배에 의해 모든 에너지를 자신의 자식에게 전하고 소멸하는 것을 막은 모양이었다.

"때마침 내가 있어 집사람을 살릴 수 있었지만 연미는 다르네. 가이아의 안배를 지니고 있는 존재인 만큼 소멸을 막으려면 초월자에 근접한 권능이 필요하니 말이야."

"그러니까 연미가 아이를 낳은 후 소멸을 막으려면 초월자에 육박하는 권능이 필요하다는 뜻이군요."

"후우, 그렇네. 자신의 생명을 제외한 모든 것을 아낌없이 줄 수 있는 초월자가 있어야 하지만 연미는 그렇지 못하니 마음이 아프네."

"으음."

아마도 내 능력이 파악이 되지 않아서 저런 걱정을 하는 모양이다.

지금에야 두 분이 안타까운 표정을 왜 지으셨는지 이해가 된다. 내가 반려가 되었으니 사랑하는 딸을 머지않아 보지 못할지도 모르게 됐으니 말이다.

"이만 하면 알아들었을 테니 더 이상 말을 하지는 않겠네. 하지만 한 여자와 아이를 책임진 사내는 어떤 희생이라도 감내해야 한다고 생각하네. 하지만 딸아이를 살릴 방법이 없다는 것도 잘 아네. 내 장인으로서 자네에게 부탁하겠네. 딸아이가 살아 있는 동안만이라도 행복하게 해주게."

"그것은 걱정하지 마십시오. 남편으로서 연미가 생을 다할 때까지 행복하게 해주려고 노력할 테니 말입니다. 그리고 저는 장인어른께 들은 것 같은 이유로 연미와 제 아이를 잃고 싶은 생각은 눈곱만큼도 없다는 것도 알아주십시오."

당신이 생각하는 것은 하고 내 대답이 달랐는지 장인어른의 눈이 크게 떠진다.

"자네에게 방법이 있다는 건가? 연미를 살릴 수 있는 방법이 말이야."

"지구상의 생명체를 주관하는 존재가 가이아라 할지라도 연미와 제 아이에 대해서는 손끝 하나 댈 수 없으니 안심하십시오. 장인어른."

"어, 어떻게……."

너무 놀라서 그런 것인지 장인어른이 말문을 잇지 못한다.

"지금은 말씀을 드리기 곤란하지만 두고 보시면 제 말이 사실이라는 것을 아시게 될 겁니다."

"으음, 그렇게 장담하니 믿어 보겠네."

"믿는 도끼에 발등을 찍히는 일은 절대 없을 겁니다."

"아, 알았네."

"잠시 혼자 있어야 하는데 그럴 만한 곳이 있습니까?"

"연미 방이면 될 거네."

"죄송하지만 당분간 아무도 방해하지 못하게 해주셨으면 합니다."

"알았네."

장인어른의 양해를 구하고 연미의 방으로 갔다.

젠을 통해 가이아의 정체를 알아보고, 그동안 숨겨왔던 것을 듣기 위해서였다.

방으로 들어와 문을 잠그고 젠을 호출했다.

— 젠!

— 예, 마스터.

— 가이아에 대해서 알아봐. 인과율 시스템에 접속하면 알 수 있을 거야.

— 말씀하시는 것을 듣고 이미 준비하고 있었습니다. 곧바로 접속해 보겠습니다.

— 어떤 존재인지는 모르지만 아마도 너와 비슷할 것 같으니까 조심하도록 해.

— 염려하지 마십시오. 아홉 세계를 연결할 수 있는 저인 만큼 당하는 일은 없을 겁니다.

— 알았어. 수고해.

대답이 끝나자 젠이 인과율 시스템에 접속하기 위해 연결되어 있는 의지를 끊었다.

'아무래도 내가 예상하고 있는 것이 맞는 것 같은데 말이야. 가이아가 어떤 수작을 부렸던지 간에 내 아이에게서 엄마를 빼앗아 가게 둘 수는 없지.'

초월자의 권능으로 생명을 유지시키는 것 정도는 아무렇지 않다. 내가 가지고 있는 아홉 세계의 근원이라면 얼마든지 만들어내는 것이 가능하니 말이다.

'문제는 가이아란 존재가 나에 대해서 눈치를 채고 있는 것 같다는 건데…….'

인과율 시스템을 조율하는 존재라 해도 차원 간을 조율하는 것은 불가능하다.

아무리 높게 쳐봐야 아바타나 다름없는 장모님이나 연미를 통해서는 애시 당초 가능성이 없다는 소리다.

연미와 반려가 되는 존재가 스팟과 게이트를 닫고 변화시킬 수 있다고 가이아가 전했다면 한 가지 결론밖에 없다.

가이아가 나를 알고 있다는 반증이나 다름없다.

— 끝났습니다.

— 가이아 역시 신화 속의 존재들인가?

— 그것은 아닌 것 같습니다, 마스터.

내 의문에 젠이 곧바로 의지를 전해왔다.

— 아니라면 어떤 존재지?

— 가이아는 마나 마스터에 가까운 존재입니다.

— 마나 마스터에 가까운 존재라니, 무슨 말이지?

— 가이아는 인과율 시스템을 벗어나 지구와 지구상에 존재하는 모든 생명체를 가꾸는 관리자 같은 존재입니다.

— 으음, 일종의 농부라는 말이군.

— 그렇습니다. 마스터.

— 그렇다면 설명이 좀 되는 군. 신격을 가지게 된 존재와 그들의 이야기가 지구상에 수도 없이 전해져 내려오는 이유가.

— 그렇습니다, 마스터. 각 세계에서 신격을 가진 존재로 성장한 이들이 발판을 마련할 수 있는 곳은 지구가 유일했을 테니 말입니다.

— 아마도 그랬을 거야. 이곳 지구는 창조주가 마지막으로 머물렀던 곳이고, 떠나면서 마나 마스터라는 존재를 두지 않았으니까.

— 하지만 그로 인해 이번과 같은 문제가 발생한 것인지도 모릅니다.

— 그렇겠지. 창조주라고는 하지만 약간은 맹한 면이 없지 않아 있는 것 같으니.

— 그렇기는 합니다. 자신이 만든 세계와 실험실을 연결하는 게이트를 그냥 놔둔 것도 그렇고, 이곳 지구에 자신의 권능 일부를 남긴 것도 그렇고 말입니다.

— 그래. 그것으로 인해 모든 문제가 발생했지.

— 마스터, 나머지 정보를 인식시켜드릴까요?

— 그래. 어느 정도 윤곽을 잡았으니까.

— 그럼 인식 작업을 시작하겠습니다.

젠이 인과율 시스템으로부터 캐치한 정보들을 나에게 전송하기 시작했다. 그리고 자신이 가지고 있던 봉인된 정보들도 함께 인식시켜 주었다.

— *후후후, 역시 그랬었나?*

젠이 인식시켜 준 정보들은 지금까지의 상황들을 완벽하게 설명해 주는 것들이었다.

스팟이 나타나고, 게이트가 생성되는 직접적인 원인이 되었던 먼 옛날의 사건들에 대한 정보였다.

나와 연결된 각 세계에는 마나 마스터와 비슷한 경지에 올랐던 자들이 존재한다. 마나 마스터는 아니지만 세계와 세계를 넘나들며 자신이 지닌 능력을 키워 신격을 가지게 된 이들이 바로 그들이다.

능력을 성장시켜 권능에 도달한 자들은 한마디로 신이라 할 수 있다. 자신이 속한 세계의 마나 마스터가 주신이라면 그들은 주신을 따르는 대신들이라고 할 수 있는 것이다.

평범했던 존재들이 신격을 가지고 주신인 마나 마스터들을 위협할 정도의 대신이 된 것에는 이유가 있다.

마나 마스터, 즉 주신이 인과율 시스템에 묶인 존재들이라면 그들은 세계를 넘나드는데 무척이나 자유로웠기 때문이다.

'특성이 다른 에테르에 적응하면서 그들은 새로운 존재들로 거듭났던 것이로군.'

인과율 시스템과 에테르의 충돌로 인해 세계를 넘나들기 어려워진 마나 마스터와는 달리 그들은 계속해서 별다른 제약 없이 다른 세계를 돌아다닐 수 있었다.

어느 정도 시련을 거쳐야 하지만 일단 적응을 끝내고 나면, 그들은 방문한 세계의 에테르를 능숙하게 사용할 수 있었다.

특성이 다른 종류의 에테르가 접촉하면 폭발이 일어나는 것이 당연한 현상이었지만 그들은 그렇지 않았다. 죽음에 가까운 시련을 겪고 나면 이상하게도 특성이 다른 에테르들이 융합해 버렸기 때문이다.

에테르의 융합으로 그들은 이전보다 훨씬 더 강력한 권능을 발휘할 수 있게 되면서 신격을 가진 존재로 성장을 계속할 수 있었다.

'세계가 붕괴될 조짐을 보이기 시작했지만 이들을 멈춰 세울 수는 없었지.'

에테르의 충돌이 가속화되고 각 세계가 붕괴될 위험에 처하자 마나 마스터가 세계를 넘나드는 게이트를 닫았지만 이들에게는 소용이 없었다.

진화된 존재로 거듭나면 그들도 어느 정도 예상을 하고 있었던 것이다.

그들은 어느 사이인가 자신들이 속한 세계와 지구 사이에 마나 마스터가 간섭할 수 없는 자신들만의 게이트를 만들어두고 있었다.

주신인 마나 마스터가 세계를 넘나드는 게이트를 닫았지만, 자신들이 만든 게이트를 이용해 그들은 계속해서 다른 세계를 넘나들 며 자신의 능력을 키울 수 있었다.

그리고 어느 순간, 그들은 자신의 세계에서 지구로 거점을 옮겼다.

이들이 지구로 거점을 옮긴 이유는 마나 마스터인 주신 때문이었다. 권능을 키우기 위해 세계의 붕괴를 아랑곳하지 않는 그들을 징치하려던 마나 마스터의 움직임을 미리 알아차리고 먼저 움직인 것이다.

대등한 힘을 가지게 되었지만 자신의 속한 세계에서 마나 마스터와 싸운다는 것은 필패나 다름없었다.

마나 마스터는 인과율 시스템을 이용해 자신의 세계에서 절대적인 권능을 행사할 수 있기 때문이다.

대신의 반열에 든 존재들이라 권능을 깎아 먹기는 하지만 마나 마스터가 마음만 먹는다면 대신이 존재들에게 제약을 가할 수 있었던 것이다.

이로 인해 대신으로 성장한 이들은 자신이 본래 속한 세계에 머무는 것이 껄끄러울 수밖에 없었다.

마나 마스터인 주신이 자신들을 간섭하려 한다는 것을 알고 아예 거점을 옮겨 버린 것이다.

'세계를 넘나들며 마나 마스터를 능가하는 존재가 될 수 있는 길은 찾은 터였으니, 나라 해도 마나 마스터의 제약을 받느니 거점을 옮겨가는 것이 나았을 것이다. 그런 면에서 지구야말로 그들에게는 최고의 거점이라고 할 수 있지. 더군다나 지구를 관리하는 존재가 만만하니 활동하기도 쉽고.'

대신이 된 존재들은 전부 창조주의 실험실인 지구에 자신들의 거점을 만들었다.

하탄이라는 강력한 마나 마스터가 있는 브리턴보다는 자신들과 비슷한 크기의 권능을 지닌 가이아가 있는 곳이 활동하기 편해서였다.

무엇보다 가이아는 지구와 지구상의 생명체를 관리하는 존재이지, 인과율을 주관하는 존재가 아니라는 이유가 가장 컸다. 인과율을 주관한다면 마나 마스터처럼 강제로 자신들을 봉인할 수 있겠지만 그럴 수 없었던 까닭이다.

일곱 세계에서 지구로 넘어 온 존재들은 대부분 가이아와 비슷한 수준의 능력을 지닌 자들이다.

인과율 시스템과 별개의 존재인 가이아로서는 상대하기 어려운 존재들이었다.

'세계를 넘나들며 자신들의 권능을 키우기에 눈이 먼 존재들이라 가이아는 자신의 일에만 집중했을 것이다. 지구의 환경이 맡은 바 소임을 수행하기가 더욱 좋아졌기에 이들에 대해 신경을 끌 필요도 없었을 테고…….'

신격을 가진 존재들이 대거 등장함으로써 지구에서 살아가는 존재들이 더욱 풍요로워졌다.

이상하게도 충돌을 일으켜야 할 에테르들이 지구에서만큼은 융합하고 진화하고 있었기 때문이다.

지구와 생명체를 관리하는 가이아로서는 제재를 가할 필요가 없었을 것이다.

인과율 시스템마저 다른 세계의 에테르와 존재들을 허용하는 터라 이들이 지구에서 기반을 잡는 것도 너무나도 쉬웠다.

더군다나 마나 마스터가 만들었던 게이트로 인해 세계가 열려 있을 때 이미 지구에 와 봤던 자들이었다.

그들은 문명을 시작하는 지구에서 강력한 힘을 바탕으로 나름대로 기반을 마련해 두었다.

마나 마스터가 만든 게이트가 닫히자 자신들이 만든 게이트를 이용해 지구로 건너온 그들은 만들어 놓았던 기반을 이용해 각자 거점을 빠르게 마련하고 자리를 잡을 수 있었다.

자신들이 만든 게이트를 주신들이 닫아 버렸기에 이들은 지구에서 문명 세계의 특별한 존재로 남아 자신들의 권능을 키워 나갔다.

하지만 그것은 잠시뿐이었다.

지구에 유입된 다른 세계의 에테르들이 점차 사라지고 있었기 때문이었다.

다른 세계로 통하는 게이트가 닫히자 에테르의 유입이 없어진 탓이었다.

그들은 다른 세계의 에테르를 얻음으로서 권능이 강력해진다는 것을 알고 있었다.

위기를 느낀 그들은 의지를 모아 세계를 넘나들 수 있는 자신들만의 게이트를 설치했다.

그 후에는 일사천리였다. 에테르들이 유입되자 다시 지구의 에테르를 통해 융합되기 시작했고, 그 누구의 간섭도 없이 권능을 키울 수 있었다.

그들은 다른 세계에서 흘러들어온 에테르를 이용해 권능을 키웠고, 지구의 거점에서 무수히 많은 이능을 발휘 했다.

이로 인해 지구에 있는 거점에 살고 있는 인간들로부터 신으로 추앙을 받았다.

사실 지구나 브리턴을 거점으로 다른 세계를 넘나들며 권능을 키운 자들은 처음부터 신적인 존재가 아니었다. 그저 강한 권능을 지닌 존재였을 뿐이다.

그런 존재들이 지구에 기반을 두면서 신으로 추앙받기 시작하자 달라지기 시작했다.

각자의 세계에서는 불가능했지만 지구에서 신적인 존재나 영웅으로 인간들의 믿음의 대상이 되거나 추앙을 받으면서 신격을 지닌 존재가 되어 버린 것이다.

신화의 주인공들은 지구에 살고 있는 인간들이 자신들을 믿는 것에 따라 보다 고차원적인 권능을 얻는다는 것을 깨달았다.

인간들의 신실한 믿음으로 에테르보다 더욱 고차원의 에너지를 얻을 수 있다는 사실을 알게 된 것이다.

또한 언령과 의지에 영향을 받아 신격을 지속적으로 높일 수 있다는 사실도 알게 되었다.

모두가 창조주가 이곳 지구에 남긴 권능 때문에 가능한 일이었다. 인간의 믿음에 의해 성장하는 시스템은 바로 창조주가 힘을 키워나가는 방식이었던 것이다.

'하지만 한 산에 두 마리의 호랑이가 살 수 없는 법!'

각자의 영역에서 힘을 키워나가기 시작한 후 그들이 다스리는 지역의 인간들도 힘을 키울 수 있었고, 점차 세력을 확대해 나가기 시작했다.

세력의 확대는 충돌을 불러올 수밖에 없었고, 그것은 인간들이 아닌 신들의 충돌을 야기했다.

권능과 권능이 부딪치고, 이능과 이능이 맞붙는 전쟁이 시작되어 버린 것이다.

신격을 가진 존재로 성장한 이들의 전쟁으로 많은 것이 바뀌기 시작했다.

자신과는 다른 세계에서 넘어와 성장한 신격을 가진 존재들이 가지고 있는 권능을 탈취할 경우 더욱 큰 권능을 얻을 수 있다는 사실이 밝혀졌기 때문이었다.

전쟁을 통해 강대한 권능을 얻게 된 이들이 욕심을 부리기 시작했다. 다른 세계에서 건너와 신들이 된 이들을 사냥하기 시작한 것이다.

'지구를 온전히 차지함으로서 창조주가 남기 권능을 혼자 차지하고 싶기도 했고 말이야. 혼자 차지할 수만 있다면 창조주로 거듭날 수 있다는 사실을 알게 되었으니 어쩌면 그들 간의 전쟁이 확대되는 것은 당연한 일이었을 것이다. 그에 따라 인간들의

세계도 흥망성쇠가 좌우 되었지.'

지구에서 살고 있는 각 민족에서 내려오는 신화에 존재하는 신들이나 영웅들은 대부분이 다른 세계에서 넘어 온 존재들이라고 할 수 있다.

같은 세계에서 출발한 존재들은 자신들의 거점을 지키기 위해서 서로 힘을 합쳤다.

때문에 대부분의 신화가 신족들로 구성되어 있다.

유일신을 토대로 하는 신화들의 신들은 강대한 권능을 지녀 같은 세계의 존재들로부터 경원시된 이들로 홀로 거점을 만든 존재들이 대부분이었다.

제2 장

민족의 홍망성쇠에 따라 지구 전역을 아우르는 종교가 되기도 하고, 아예 사람들의 기억에서 사라져 버리기도 한다지만 사실은 정반대다.

이면에서 움직이는 신격을 가진 존재들의 전쟁의 승패에 따라 그들을 따르던 인간 무리들의 홍망성쇠가 결정이 된 것이다.

'문제는 신격을 가진 존재들의 전쟁으로 인해 인간들이 죽어나갔다는 것이지.'

고대에는 신격을 간진 존재들이나 그들의 힘을 이어받은 존재들이 인간들의 전쟁에 직접 개입을 했다.

수많은 인간들이 죽어나갔고, 그것은 가이아의 분노를 불러 일으켰다. 지구와 지구상에 존재하는 생명체를 죽이는 행위는 가이아의 존재 자체를 부정하는 행위였기 때문이다.

가이아는 지구를 움직였다. 엄청난 폭우가 수십 일 동안 쏟아졌고, 자연재해가 지구를 휩쓸었다. 신격을 가진 존재들을 자신들의 기반을 대부분 잃어야 했다.

전 지구적인 재해가 끝났을 때, 모든 것이 폐허로 변해 버렸다. 신격을 지닌 존재들의 기반도 직접적인 영향 아래 놓인 일부만이 겨우 살아남을 수 있었다.

그리고 세계의 이면에서 지구를 좌우하던 신격을 가진 존재들도 권능을 발휘하지 못하기 시작했다.

가이아가 자신의 권능을 대부분 소진하며 열려 있는 게이트를 모두 닫고 지구의 에테르를 동결시켜 버렸던 것이다.

가지고 있던 권능 중 아주 일부분만 사용할 수 있게 된 이들이 어둠 속으로 모습을 감췄고, 이로 인해 이면 세계가 만들어진 것이다.

가이아의 간섭도 신들의 간섭도 없어진 탓에 이때부터 세상은 인간들을 중심으로 돌아가기 시작했다.

그중 두각을 나타낸 자들은 신을 경배하고 찬양하던 자들이었다.

인간들의 의식 속에 강렬하게 각인이 된 신들을 등에 업은 제사장들이 인간을 지배하기 시작한 것이다.

바로 종교의 탄생이었다.

신격을 지닌 존재들의 수발이나 드는 존재들이었으나 누구보다 가까이에서 지켜본 자들이었다.

'신격을 가진 존재들이 뿌리는 에테르로 인해 일부나마 각성을 하게 된 자들이라 군중을 지배하는 것은 무척이나 쉬웠을 테지.'

신을 대리해 인간을 지배하게 된 제사장들은 힘을 가지고 있었다. 신들이 가진 권능이 비할 바는 아니지만 보통의 사람이라면 경이롭게 생각할 이능을 가지고 있었다.

노예나 다름없는 제사장들은 신들도 절대적으로 필요한 이들이었기에 일부나마 능력을 사용할 수 있게 해주었기에 가능한 일이었다.

신격을 가진 존재들이 제사장을 필요로 한 이유는 자신들의 생존과 힘이 걸려 있었기 때문이었다.

신격을 가진 존재들이 권능을 대부분 잃고 이면 세계의 존재들이 되어버린 후 자신들을 믿는 종교는 그들을 지탱하는 원동력이 되었다.

제사장들을 통해 전해지는 자신들에 대한 인간들의 믿음이 권능을 발휘할 수 있는 원천이 되었던 것이다.

종교를 통해 어느 정도 권능을 발휘할 수 있게 된 후 종교와 이면 조직들은 공생 관계를 유지하며 오랜 세월동안 세상을 지배했다.

그러나 현대로 다가올 무렵 인간들이 이런 공생 관계도 끝이

나기 시작했다.

모두가 다른 세계로 유입되었던 에테르들이 대부분 정화되었기 때문이었다.

다른 세계의 에테르가 사라지자 이능을 잃은 제사장들은 인간들에게 더 이상 믿음의 힘을 보여주기 힘이 들었다.

종교를 유지하는 믿음의 근간이 사라져 버린 것이다.

더군다나 인간들 중에 깨우친 자들이 나타나기 시작했다. 신이 아니라 인간 중심의 사고를 하던 그들은 사람들을 계몽하기 시작했다.

인간 중심의 가치관이 세계에 널리 퍼시자 세상이 변하기 시작했다.

기술이 발전하고 산업혁명이 일어나자 종교가 퇴색되고 과학이 신봉되기 시작했다.

과학을 통해 세상이 발전하자 인간들은 자신들의 욕망을 채우기를 주저하지 않았고, 세속적인 욕망으로 인해 신격을 가진 존재들에 대한 인간의 믿음은 점차 사라져 갔다.

그리고 그로 인해 이면 세계도 힘을 잃어 갔다.

지구상의 그 어디에서도 존재를 유지시켜 줄 힘을 찾을 수 없었기 때문이다.

변화가 생긴 것은 하탄의 계획이 실행이 되면서부터였다.

비록 미세한 틈이기는 하지만 하탄이 벌인 일로 인해 각 세계로부터 지구로 통하는 게이트가 열려 버렸다.

게이트가 열리자 에테르들이 유입되기 시작했고 이면 세계에서 숨죽여 지내던 존재들이 자신의 권능을 조금씩 되찾기 시작한 것이다.

'소멸 직전까지 갔었던 존재들이 다시 권능을 되찾는 일이 벌어졌지만 변화가 생긴 것은 그들만이 아니었지.'

변하고 있었던 것은 그들만이 아니었다. 세상에 큰 변화가 생겼다.

유입되기 시작한 에테르로 인해 보통의 인간들도 특별한 능력을 가지게 되었던 것이다.

그것만이 아니었다. 특별한 능력을 갖기 시작한 인간들 중에는 스팟과 게이트의 주인이 된 자들도 있었다.

이면 세계의 깊숙한 곳에 웅크린 채 권능을 회복하고 있던 신화속의 존재들보다 앞서서 스팟과 게이트가 인간에 의해 선점되자 변화가 가속화되었다.

'게이트의 주인이 된 키퍼들은 특별한 능력을 가지게 되지. 바로 인과율 시스템과 접속을 할 수 있다는 것. 그리고 그것은 세상을 주관할 힘을 얻는 다는 뜻이지.'

이면 세계에 숨은 신격을 지닌 존재들이 자신들의 힘을 미처 회복하기도 전에 스팟과 게이트의 주인인 된 자들은 강력한 힘을 손에 쥐게 되었다.

스팟 키퍼나 게이트 키퍼라 불리는 이들이 빠르게 성장한 것은 이유가 있었다.

어찌된 일인지 다른 세계의 에테르를 손쉽게 축적할 수 있었을 뿐만 아니라, 지구를 관할하는 인과율 시스템에 접속할 수 있었기 때문이었다.

하지만 그것만으로 신격을 가진 존재들에게 맞설 만큼 강해진 것은 아니었다. 키퍼들은 인과율 시스템과의 접속으로 인해 놀랍게도 신성의 씨앗을 품게 된 것이다.

키퍼들은 이로 인해 성장을 이루어 낼 수 있었고 권능에 가까운 힘을 얻었던 것이다.

그렇게 세상을 바꿀 만한 힘을 얻은 키퍼들이었지만 결코 안심할 수는 없었다.

인과율 시스템에 접속한 후 신격을 지닌 존재들에 대해 조금이나마 알게 되었기 때문이었다.

스팟과 게이트를 통해 에테르를 독점하게 되면서 권능에 필적할 만한 힘을 가지게는 되었지만, 키퍼들이 가진 신성의 씨앗은 격이 그다지 높지 않았던 것이다.

키퍼들은 이 상황을 위기로 봤다. 세상에 에테르가 퍼지기 시작했으니 신격을 지닌 존재들이 깨어날 것이고, 권능을 지닌 그들에게 노예처럼 종속될 수밖에 없었으니 말이다.

이미 신성의 힘이 가지는 달콤함을 깨달은 그들로서는 결코 원하지 않는 일이었다. 신격을 지닌 존재들과 대적할 수밖에 없는 상황이었던 것이다.

키퍼들은 자신들의 힘을 키우는데 혈안이 될 수밖에 없었다.

힘을 키우기 위해 키퍼들은 신격을 가진 존재들이 신화로서 존재하게 한 권능들을 얻기 위해 필사적인 노력을 기울였다.

신화 속의 권능은 자신들이 보유하게 된 엄청난 에테르를 분출할 플랫폼이 되어 줄 터였기 때문이다.

우여곡절 끝에 키퍼들은 신으로 불리는 존재들이 가졌던 권능을 얻을 수 있었다. 격이 떨어지는 존재들의 권능이기는 하지만 그들은 전보다 훨씬 더 강력해 질 수 있었다.

자신들을 따르는 인간들의 의지를 공유해 에테르를 무리 없이 사용할 수 있게 해주었기 때문이다.

권능을 회복하지 못하고 있는 신격을 지닌 존재들과 조금이나마 대적할 수 있는 힘을 얻게 된 키퍼들은 세상을 향해 움직였다. 권능을 얻기 위해 전쟁을 일으켰던 것이다.

하탄의 계획이 실행되기 전에 신격을 가진 존재들 중에 소멸로 가기 직전이었던 존재들이 많았다. 소멸을 향해 가고 있는 존재들은 유물이나 유적에 자신이 지니고 있었던 권능의 힘을 일부 남기고 자신을 봉인시켰다. 훗날을 기약했던 것이다.

소멸 직전의 존재들은 대부분이 자신의 근거지 주변에 권능을 남겼다. 키퍼들이 권능을 차지하기 위해서는 영토를 얻어야 했고, 전쟁을 할 수밖에 없었다.

하탄의 계획이 실행된 이후에 일어난 전쟁들은 대부분이 이렇게 해서 일어났다.

겉으로 보기에는 자원을 얻거나 정치적 목적을 위한 것 같았지만 속을 들여다보면 모두가 신화 속의 권능을 얻기 위한 전쟁이었던 것이다.

따지고 보면 제국주의와 식민주의도 모두 권능을 얻기 위한 것이었다.

키퍼들이 권능을 얻기 위해 움직이기 시작한 후 세상이 격변으로 흘러갔다. 과학이 빠르게 발전했고, 전쟁의 양상도 옛날과는 확연하게 달랐다.

문제가 된 것은 세계대전들이었다.

수많은 나라가 참가하는 대규모 전쟁으로 인해 인간들은 물론이고 생명체들이 엄청나게 죽어 나가자 봉인되어 잠들었던 가이아가 깨어나고 말았던 것이다.

급해진 것은 이면 세계에 숨어 권능을 회복하고 있었던 신격을 지닌 존재들이었다.

인과율 시스템에 정보가 없어 전혀 그 존재를 몰랐던 키퍼들과는 달리 그들은 가이아에 대해 알고 있었기 때문이다.

신화 속의 존재들은 지구상에서 생명체가 사라지는 일이 어떤 결과를 불러올지 누구보다 잘 깨닫고 있었기에 무리라는 것을 알면서도 움직이기 시작했다.

한 번 겪어 봤던 일이기에 다른 세계와의 단절이 가져오는 무서움을 너무도 잘 알았던 것이다.

더군다나 이번에 가이아가 분노하게 된다면 첫 번째 경우와는 무척이나 다른 영향을 미치게 될 것이 분명했다.

닫힌 세계에서 오랫동안 소멸을 피할 수 있었던 것은 신격을 가진 존재들은 대가를 치렀기 때문이다.

지구만 존재하는 고유의 에테르에 적응을 했기에 소멸을 피했던 것이다.

에테르에 적응했다는 것은 인과율 시스템의 관리를 받기 시작했다는 것이나 다름없는 일이다.

다른 세계에서 흘러들어 온 에테르가 사라지고 권능의 힘이 떨어진 것 때문이었다.

'이미 지구의 에테르에 적응한 상태라 그 피해가 처음과는 완전히 다른 양상으로 진행될 것이라는 것을 그들은 너무 잘 알고 있었지.'

스팟과 게이트를 통해 세계가 연결되며 자신이 속해 있던 본래 세계의 에테르를 흡수할 수 있었지만 권능을 회복되는 수준은 아주 미약했다.

키퍼들 때문에 에테르의 온전한 흡수가 어려웠기 때문이기도 하고, 어느 정도 지구의 에테르에 적응한 상태라 반발이 만만치 않았기 때문이기도 했다.

'이런 상태에서 가이아가 깨어난다면 겨우 열린 스팟과 게이트가 다시 닫힐 것은 자명한 사실이다, 그렇게 되면 기회를 얻기는커녕 소멸로 내몰릴 판이니 신화 속의 존재들은 어떤 희생을 감수하더라도 움직여야만 했겠지.'

다른 세계와의 연결 고리가 폐쇄되면 인과율 시스템은 이질적인 존재들은 강제로 소멸시키기 시작한다.

신격을 가진 존재들이기는 하지만 권능을 회복하지 못해 인과율 시스템에 대항할 수는 없다.

아예 상대조차 되지 않기에 세상에서 지워지는 것은 순식간인 것이다.

하지만 이런 위험이 다가오는 것을 알면서도 신화 속의 존재들은 움직이기를 주저했다. 완전하게 회복되지 않아 이능을 얻은 인간들을 막을 수 있다는 확신이 없는 상태였기 때문이다.

그러나 전쟁이 장기전에 이르자 신화 속의 존재들은 움직여야만 했다.

다른 세계에서 흘러들어온 에테르들이 일정한 농도에 이르자 전혀 융합하지 못한다는 것을 알아냈기 때문이었다.

에테르가 융합하지 못한다는 것은 한 가지 사실을 뜻했다. 가이아가 지구에 대한 정화를 시작한다는 뜻이었다. 그것은 절대로 일어나서는 안 되는 일이었다.

적지 않은 희생이 따르는 일이지만 가이아의 출현은 자칫 완벽한 소멸로 이끌 수도 있는 일이었기에 신격을 가진 존재들은 움직여야만 했다.

신화 속의 존재들은 미련 없이 세계대전에 개입했다. 신족이라 불리는 같은 무리의 존재들에게서 빌린 권능의 힘을 가지고 세상에 뛰어들어 전쟁을 종결시켜 버린 것이다.

신화 속의 인물들이 움직이기 시작하자 장기간 지속되던 전쟁이 금방 끝이 났다.

동료들의 도움으로 강제로 권능을 각성시킨 터라 가능한 일이었다.

'그렇게 두 번의 세계대전이 일어나는 동안 전쟁을 중지시키기 위해 신화 속의 존재들이 나서기는 했지만 사실 좋은 선택이 아니었다.'

가이아가 깨어나는 것을 막기 위해 소멸에 가까운 타격을 감수하고 나섰지만 그야말로 헛된 수고였을 뿐이었다. 가이아는 이미 깨어난 상태였기 때문이었다.

가이아는 함부로 분노하지 않았다. 신격을 가진 존재들의 예상과는 달리 스팟과 게이트를 다시 닫을 만한 힘이 없었기에 지켜보고만 있을 수밖에 없었다.

첫 번째 분노로 인해 가이아 또한 많은 것을 잃은 상태였기 때문이다.

정화라는 이름아래 자신이 관리하던 수많은 생명체를 죽인 탓에 스스로 자신의 존재를 부정하는 결과를 불러왔고, 그로 인해 상당 부분 권능을 잃은 상태였던 것이다.

'세상을 주관하는 인과율 시스템만이 온전한 상태고, 모든 것이 변해 버리는 상황이 닥치자 각자 살길을 찾기 시작했지. 신이라 불리는 존재이건, 가이아건 말이야.'

동서 양 진영으로 나뉘어 질서가 잡히는 듯 보였지만 2차 세계대전이 끝난 후 세상은 혼돈 상태였다.

권능을 완전히 회복하지 못한 신적인 존재들이 다시 깊은 곳으로 숨어버렸고, 신화 속의 존재들에 의해 야욕을 저지당한 키퍼들 때문이었다.

인과율 시스템과 접속이 가능했던 키퍼들은 신화 속 존재들을 만남으로서 모든 것을 알게 되었다.

키퍼들은 신이라 불리는 존재들이 다른 세계에서 건너온 자들임을 알게 되었다.

그리고 신들이 힘을 되찾는 순간 모든 것이 뒤바뀐다는 것을 깨닫게 되었다.

키퍼들은 힘을 키우는데 혈안이 되었고, 지금까지와는 달리 세상의 이면에서 잃어버린 신화를 쟁취하기 위한 전쟁을 시작했다.

'모든 것이 뒤죽박죽이 되었지만 하나만은 분명했지, 세계로 열린 게이트가 점점 더 많아졌고, 세계는 하나로 관통하며 거대한 틀을 만들어 나갔다는 것.'

한 번 연결이 된 탓이었는지 게이트가 열렸음에도 다른 세계에서는 에테르 간에 반발이 없었다.

지구의 에테르 또한 일정 수준까지만 반발하다가 어느 순간부터는 융합하기 시작했다. 놀랍게도 세계 간에 통합이 일어나고 있었던 것이다.

'각 세계의 주신이라고 할 수 있는 마나 마스터나 인과율 시스템이 관여하지 않았는데도 자연스럽게 통합이 되고 있는 것

을 보면 지금까지 일어났던 모든 일들이 원래부터 예정이 되어 있었던 것인지도 모른다.'

연결이 된 모든 세계는 창조주가 만든 곳이다. 무책임하게 떠나 버렸다고 알고 있지만 지금까지의 상황을 보면 그런 것 같지는 않다.

연결된 모든 세계가 창조주의 실험장이었고, 이번에는 대통합을 위한 실험이 진행되고 있는 것 같은 생각이 든다.

'아직은 모르지만 그럴 확률이 높다. 연결된 아홉 개의 세계 말고도 더 많은 세계가 존재하는 것이 분명하니 말이다.'

아홉 개의 세계가 가지고 있는 에테르 말고 다른 에테르가 희미하게나마 느껴진다. 연결된 세계의 바깥에서 말이다.

내가 생각한 대로 지금까지 일어난 사건들이 아홉 세계의 바깥과 이어지기 위한 일련의 과정이라면 창조주가 프로그램한 대로 흘러가고 있는 것이 분명하다.

'어째서 이렇게 하는지 모르겠지만, 연결된 세계의 바깥과 만나게 된다면 충격이 상당히 크다는 소리다. 혹시 다른 세계의 존재들이 지구와 연결된 세계를 침공하기라도 하는 건가?'

무서운 생각이지만 결코 소홀하게 다룰 수 없는 일이었다. 내 생각이 맞는다면 정말이지 커다란 위험에 직면한 것이나 다름없기 때문이다.

'하탄의 계획이 실행되기 이전과 비교해 보면 지금은 정말 엄청난 수의 능력자가 존재한다. 능력자들이 생겨난 것이 아홉 세계를 침공해 올 존재들을 막기 위해서라면 창조주와 비슷한 존재가 또 있다는 말인데. 으음, 가정이기는 하지만 사실이라면 정말 만만치 않은 일이로군.'

가능성을 짚어 본 것이기는 하지만 인과율 시스템을 관통하는 느낌은 거의 확실해 보인다.

지구를 비롯해 연결된 세계를 만든 창조주와 비슷한 존재가 있고, 그 존재가 만든 세계가 침공하는 것이라면 판을 새로 짜야 할 것 같다.

— 젠, 내가 생각하는 것이 틀림없을까?

— 으음.

젠이 처음으로 신음을 흘린다. 내가 생각하는 과정을 직접 지켜보고 있어서 그런지 젠도 같은 판단을 내리는 것 같다.

— 마스터의 생각을 공유하며 세상을 살펴본 결과, 아홉 세계의 에테르와는 종류가 다른 에테르를 느낄 수 있었습니다. 에테르가 미약하기는 하지만 깃들어 있는 의지에서 우리 세계를 만든 창조주의 의지가 전혀 느껴지지 않는 것을 보면 마스터께서 생각하시는 것이 맞을 확률이 매우 높습니다.

— 아무래도 그런 것 같아서 걱정이었는데 예상이 맞은 것 같군. 젠의 생각도 그렇다면 준비를 해야겠지?

— 그래야 할 것 같습니다.

— 그럼 준비를 해줘, 젠.

— 무, 무슨 준비를…….

— *후후후, 마나 마스터들에게 연락을 해 봐.*

— *마, 마스터.*

— *생각을 해보니 알겠더라고, 젠이 마나 마스터들과 연락이 가능하다는 걸 말이야. 그렇지 않아? 하탄!*

— *헉!*

한 번 찔러 봤는데 역시 내 생각이 맞았다.

마나 마스터들이 아바타를 만들었다고 했을 때 어쩌면 하탄 스스로가 아바타가 된 것은 아닌가 하는 생각이 들었는데, 맞는 것 같다.

젠은 자신을 만든 존재들이 일곱 세계의 마나 마스터들이라고 했다. 하지만 젠이 가지고 있는 능력을 보면 절대 아바타라고 여길 수 없는 부분이 많았다.

그리고 브리턴을 조율하기 위해 하탄을 주축으로 마나 마스터들이 만들었다고는 하지만 그것만으로는 일곱 세계의 인과율 시스템과 접속한다는 것이 설명이 되지를 않는다.

더군다나 창조주의 실험장이라 불리는 지구와 브리턴까지 말이다.

하탄이라는 존재가 아바타라는 탈을 쓰고 새로운 존재가 되었고, 대등한 존재이기에 각 세계의 인과율 시스템과 접속할 수 있었을 것이다.

— *어떻게 아셨습니까?*

— *브리턴이나 지구와 연결된 세계가 소멸로 가는 것을 막기*

위해서는 인과율 시스템과 접속하지 않고는 불가능한 일이지. 세계를 관리하는 인과율 시스템이 허락하지 않는 한 말이야. 각 세계의 인과율 시스템이 다른 세계의 아바타를 용인할 수 있는 경우를 생각해 봤는데, 그럴 경우는 하나밖에 없더라고. 주신이라고 불리는 마나 마스터가 허용한 대등한 존재 이외에는.

— 으음.

— 그리고 마나 마스터들과도 연결이 되었을 테지만 창조주와도 연결이 되어 있을 것 같은데?

— 창조주는 모든 것을 마나 마스터들에게 맡기고 이 세계를 떠났습니다. 그리고 다른 마나 마스터들도 마찬가지지만 창조주에 대한 부분은 모든 것이 봉인되어 있습니다.

— 완전히 넘겨 버린 것이로군.

— 그렇습니다. 각자의 세계를 관리하고, 연결된 세계를 외부로부터 보호하는 것이 마나 마스터들에게 남겨진 가장 큰 소임입니다. 그동안 말씀을 드리지 못해서 죄송합니다.

— 좋아. 어차피 기억이 봉인되어 말해주고 싶어도 어려웠을 테니까 이해하지. 그런데 마나 마스터들은 뭘 준비하고 있는 거지?

— 그것은 저도 잘 모릅니다. 무엇보다 제가 맡은 역할은 브리턴과 지구를 관리할 마나 마스터의 탄생이었고, 그것 이외에는 전혀 관여할 수가 없었으니 말입니다.

— 그렇군. 내가 브리턴과 지구의 마나 마스터라는 거군.

— 그렇습니다.

— 고맙다. 솔직하게 말해 줘서. 그런데 이제 뭐라고 불러야 하지? 하탄? 아니면 젠가이드?

— 격이 달라진 탓에 하탄이라는 존재는 이제 없습니다. 앞으로도 젠으로 불러주시면 됩니다, 마스터.

— 알았어, 젠. 그리고 한 가지 물어 볼 것이 있어.

— 말씀하십시오.

— 그럼 가이아는 어떤 존재지? 가이아도 마나 마스터인가?

— 전에도 정보를 전해드렸지만 가이아는 마나 마스터가 아닙니다. 태초에 창조주의 분신이었던 그녀는 세계를 주관하는 것이 아니라 생명체를 주관하도록 탄생한 존재입니다. 지구에는 애초부터 마스터의 탄생이 예비되어 있었기 때문입니다.

— 나 때문에 맡은 역할이 달라졌다는 거로군.

— 그렇습니다. 저처럼 마스터를 보좌하도록 창조주에게 각인된 존재이기도 합니다. 그리고 지구의 마나 마스터는 자신에 의해 탄생하는 것이 아니라 스스로 잉태되어야 한다는 것이 창조주의 생각이었습니다.

— 창조주가 만든 세계 말고, 다른 세계와 부딪칠 것을 염려한 창조주의 안배 같은 건가?

— 그렇습니다.

— 그렇게 된 거로군. 일단 연락을 해 봐. 마나 마스터들뿐만 아니라, 가이아에게도 말이야.

— 예, 마스터.

진정한 외부 세계에 맞서기 위해 준비되어 온 존재라는 것이 믿어지지는 않지만 거짓말을 하는 것 같지는 않다.

온몸과 정신으로 그것을 느끼고 있으니 말이다.

— 이만 하면 어느 정도 정리가 된 것 같으니 각 세계의 마나 마스터들이 무엇을 준비하고 있었는지 아는 것이 중요하겠군.

— 그렇습니다.

— 시간을 정해서 한 번 만남을 가지는 것이 좋을 것 같으니까 젠이 준비를 좀 해줘.

창조주의 일을 제외하고 모두 알게 되었기에 마나 마스터들과 상의할 필요가 있었다.

— 알겠습니다. 마스터. 마나 마스터들과 가이아가 모여 회동을 갖기 위해서는 준비가 필요하니 며칠 걸릴 겁니다.

아무리 세계가 열려서 연결이 되었다고는 하지만 게이트의 주인들인 키퍼들이 있다. 젠이라 할지라도 마나 마스터들과 키퍼들 모르게 직접 연결하는 것은 그리 쉬운 일이 아닐 것이다.

— 그렇겠지. 키퍼들이 있으니 말이야. 최대한 빨리 회동할 수 있도록 해줘.

— 예, 마스터. 그럼 전 이만.

다른 세계의 마나 마스터들과의 연락 때문에 젠의 의지가 끊어지는 것을 느끼며 자리에서 일어나 방을 나섰다.

'음식이라도 준비하는 건가?'

거실에는 아무도 없었고, 주방이 있는 쪽에서는 맛있는 냄새가 풍겨오고 있었다.

"무슨 생각을 그렇게 오래 해?"

주방으로 들어서니 연미가 한마디 한다.

"앞으로 어떻게 할까 생각 중이었어. 그런데 뭘 만들고 있는 거야?"

"엄마가 사위 왔다고 닭복음탕 만들고 있어."

"후후후, 그래. 맛있겠네. 그런데 아버님은?"

"아버지는 서재에 계실 거야."

"알았어. 다 되면 불러줘."

"그래."

연미를 뒤로 하고 곧장 서재로 갔다.

똑! 똑!

"들어오게."

문을 두드리자 장인어른의 목소리가 들려왔다.

안으로 들어가서 자리에 앉았다.

"흑운의 수장이시라고 하셨는데, 지금은 어떤 상태입니까?"

"흑운은 나와 연미 엄마의 손을 이미 떠났네. 원래부터 연합이나 마찬가지인 터라 내가 능력을 잃자 곧바로 배척해 버리더군. 지금은 그저 간혹 도움을 줄 뿐 후계자의 손에 들어간 지 오래라네."

"후계자에게요?"

"후계자는 능력자라네. 그것도 거의 초월자에 근접한 능력자지. 연미 엄마도 후계자에게는 밀리는 형편일 정도로 말이야."

"초월자에 근접한 능력자라니 예상외로군요."

"사람들은 다 속고 있네. 나나 연미 엄마를 제외하고는 후계자가 어떤 존재인지 아는 이가 하나도 없으니 말이야. 정말 무서운 자네. 대한민국을 사라지게 만든 것도 따지고 보면 후계자가 한 짓이네. 세상의 이목을 속이고 스팟과 게이트를 연 것이 매영이기는 하지만 그 이면에는 흑운이 움직였네. 그리고 흑운의 움직임을 주관했던 이가 바로 후계자였지."

"도대체……."

후계자가 어떤 능력을 지녔기에 최고 지도자의 영향력 아래에 있는 매영을 이용했는지 의아하지 않을 수 없었다. 내 의아함을 느낀 것인지 장인어른께서 설명을 해주었다.

"의아할 테지만 사실이네. 후계자가 가지고 있는 능력은 루시퍼로부터 비롯된 것이니까 말이야."

"루시퍼라면 타락한 천사라는 그 존재 맞나요?"

"자네가 생각하는 신화 속의 존재인 루시퍼가 맞네.

"천국과 지옥을 동시에 경험하고, 천환을 이은 자의 도움을 받았다면 게이트를 여는 것은 문제가 없었겠군요. 세상이 이미 흔들린 뒤였으니 말이죠."

"루시퍼의 권능을 지닌 후계자보다 무서운 존재가 있네. 후계자를 따르는 존재지."

"그가 문제가 되는 겁니까?"

"그렇네. 그가 있어 모든 것이 가능해 졌지. 게이트가 열어 대한민국이 가지고 있는 전력을 집어삼키고, 한반도를 하나의 나라로 만들어 버렸던 것도 모두 그로부터 비롯된 능력 때문이었으니까 말이야."

"그런 능력을 가지고 후계자를 따르는 존재라니, 도대체 누굽니까?"

"고대로부터 내려온 법문인 천환의 인물이 후계자를 돕고 있네."

"방금 천환이라고 하셨습니까?"

"그렇다네."

쨰—앵!!

장인어른께 천환의 존재에 확답을 듣는 순간 머릿속에서 뭔가 깨져 나가는 것을 느낄 수 있었다.

쏟아져 들어오는 정보를 통해 무엇인지 알 수 있었다.

그것은 스승님께서 내게 걸어 두었던 금제가 완전히 깨지는 소리였다.

'이런!'

갑작스럽게 대화를 멈추고 나를 바라보는 장인어른의 눈길에 정신을 차릴 수 있었다.

정보가 쏟아져 들어오고 있었지만 이미 여러 번 인과율 시스템에 접속한 경험이 있는 터라 금방 이성을 되찾았다.

"자네, 천환에 대해 알고 있는 건가?"

"모를 수가 없는 곳이죠. 모든 신화와 세계의 중심에 서 있었던 곳이었으니까요."

"으음, 자네도 알고 있군. 세계에 퍼져 있는 모든 신화는 한 곳으로부터 비롯되었다는 것을……. 창조주가 이 세계에 남겨 두었던 권능으로부터 모든 것이 시작되었고, 최초에 그 권능을 사용한 이면 조직이 천환이라는 것을 말이야."

"알고 있었습니다. 제 스승님이 바로 천환의 맥을 이은 분이었으니까요. 제 스승님이 후계자를 따르는 존재는 아닙니다. 아마도 그는 본문이 배신자일 겁니다."

"으음. 본문이라면 자네도 천환의 사람인가?"

"할아버지께서 천환을 이은 세 제자 중 막내셨고, 스승님은 대제자셨습니다. 그리고 가운데 두 번째 제자가 있었는데 아마도 그자가 후계자를 따르는 자일 겁니다. 제가 갇혀 있던 수용소의 소장을 맡고 있었는데 후계자를 위해 그랬던 것 같군요."

"수용소에 갇혀 있었다면 흑운을 만들어 내는 작업을 하고 있던 놈과 만났었던 모양이군."

"수용소에서 흑운을 만들어내는 작업을 했었다는 말입니까?"

"나처럼 초능력을 통해 얻기도 하지만 흑운의 능력은 인간의 희생을 통해 만들어지네. 극한의 공포와 피에서 발원된 힘으로 능력을 얻은 존재가 바로 흑운이라고 할 수 있지. 후계자가 가진 루시퍼의 권능을 통해 인간의 공포와 피로부터 힘을 얻어 단

기간에 능력자가 될 수 있네. 그 방법을 마련한 것도 그였고, 모든 작업이 수용소에서 이루어지고 있었지."

"모든 일의 원흉은 바로 그자였군요."

"아니네. 그 자또한 루시퍼의 권능에 사로잡혀 있었으니 진짜 원흉은 바로 후계자라네."

스승님이 거신 봉인이 깨지고 얻은 정보와는 다르게 확신에 가까운 말이었다.

'절대 그럴 리는 없다. 고작 루시퍼의 권능을 지녔다고 해서 천환의 맥을 이은 존재를 휘하에 둘 수는 없으니까 말이야. 그렇다면 후계자에게 붙어 다른 일을 꾸미고 있다는 말인데…….'

무엇을 꾸미는지 모르지만 수용소에 있을 때 그자는 녹령에 집착을 했다. 세계를 구성하는 에테르의 순수한 결정을 탐냈던 것을 보면 다른 생각을 가지고 있던 것이 분명했다.

'어쩌면 지구를 만든 창조주와는 다른 존재가 만든 세상과 연결되어 있는 존재가 바로 그자일 수 있다. 천환의 두 번째 제자였던 김형식이 말이야.'

점점 더 복잡해져 간다. 젠이 마나 마스터들과의 회동을 준비하고 있기는 하지만 마음이 급해진다.

'하지만 회동이 있기 전까지는 그자에 대해 알아볼 방법이 없다.'

중요한 단서였지만 당장에 알아볼 방법이 없기에 아쉽기 그지없다.

"앞으로 어떻게 할 생각인가?"

"일단 연미와 함께 공화국을 떠날 생각입니다."

"공화국을 떠난다는 말인가?"

"그렇습니다. 지금 시간에 집에 계신 것을 보니 후계자와 척을 지신 것 같은데 저희와 함께 떠나시는 것은 어떻습니까?"

"그렇기는 하지만……."

"머지않아 매영도 반격을 해올 테고, 연미도 불안해할 테니 같이 가십시오."

"폐가 되지는 않겠나? 더군다나 연미 엄마의 승낙도……."

"장모님께서는 허락을 하실 겁니다. 평양에 있어 봤자 딱히 할 일도 없으실 테니 같이 가시는 것이 좋겠습니다."

"연미 엄마가 허락을 하면 생각을 해 보겠네. 이제 그만 내려가 보도록 하지. 음식이 다 된 것 같으니 말이야."

"예. 맛있는 냄새가 나더군요."

"하하하, 그렇지. 연미 엄마 음식 솜씨가 제법이거든."

"가시죠."

거실로 가니 커다란 상 위에 닭볶음탕을 중심으로 밑반찬들이 차려져 있었다.

"자, 앉아. 차린 건 없지만 많이 들어."

"예, 어머니."

얼마 전과는 달리 상당히 부드러운 말투시다.

"잘 먹겠습니다."

장인어른께서 수저를 들고난 뒤 밥을 먹기 시작했다.

'맛있군.'

만수연구소에서 먹었던 음식들 보다 훨씬 깊은 맛이 나는 것이 아주 좋았다. 장인어른께서 자랑스러워하실 만한 솜씨를 가지신 것 같다.

러시아에 있을 때 연미가 만들어 준 것 말고는 대부분 빵으로 때웠기에 정신없이 밥을 먹었다.

"맛있게 먹는 것을 보니 좋네."

"정말 맛있습니다."

"우리 연미가 아직 살림을 배우지 않아서 걱정인데 잘 가르쳐 놓을게."

"장모님을 닮아서 그런지 연미도 음식을 아주 잘합니다."

"연미가 자네에게 음식을 해준 모양이군?"

"예. 러시아에 있을 때 가끔 연미가 해주었습니다."

"호호호, 그랬구나."

웃으시는 장모님과는 달리 장인어른의 표정이 별로다. 연미가 해준 음식을 한 번도 드셔 보지 못한 것 같다.

'그만 말하는 것이 상책이다.'

공처가에 딸 바보이신 분이다. 연미가 음식을 한 이야기를 하는 것을 자제하는 것이 나을 것 같다.

천천히 먹는 것이 습관이 된 나와는 달리 다들 빨리 밥을 먹는 탓에 식사는 금방 끝이 났다.

"설거지는 제가 하겠습니다."

"아니야. 자리에 앉아 있어. 차를 좀 내 올 테니까."

"예, 어머님."

연미와 함께 밥상을 들고 주방으로 가시더니 조금 지나자 차를 가지고 오셨다.

"그래, 앞으로 어떻게 할 생각인가?"

향긋한 국화차를 한 모금 마신 장인어른께서 나를 보며 어떻게 할 것인지 물었다.

"저와 연미는 죽은 것으로 되어 있으니 함께 공화국을 떠날 생각입니다."

"흑운도 내 손을 벗어나 버려서 공화국을 떠나기가 쉽지 않을 텐데 걱정이군."

"걱정하지 마십시오. 공간 이동을 통해서 떠날 생각입니다."

"으음, 그렇게 쉽지 않을 걸세. 한반도 주변에는 공간 이동을 막는 결계가 쳐져 있으니."

"후후후, 걱정하지 마십시오. 러시아에서도 공간 이동으로 공화국에 들어왔으니 말입니다. 러시아에서 들어올 때 제가 수용이 됐었던 수용소에 먼저 들렀습니다. 그 다음에 평양으로 왔고 말입니다. 모두 공간 이동을 통해서 왔으니 결계 같은 것은 하등 문제가 없습니다."

장인어른께서 미처 생각하지 못하신 것 같아 말씀을 드렸다.

"그랬었군. 자네는 공간 이동으로 결계를 뚫는 것이 가능하다는 말이로군."

"그렇습니다."

"하하하, 연미를 죽지 않게 하겠다고 했던 자네 말이 거짓이 아니었군."

장인어른의 얼굴이 환해지며 기쁜 얼굴로 나를 바라본다.

'이제야 믿으시는 모양이군.'

초월자라도 공간 이동이 쉽지 않은 것이 한반도에 쳐진 결계다. 더군다나 평양이라면 초월자라도 절대 뚫을 수 없는 결계가 쳐져 있다. 그런 결계를 뚫을 정도라면 이미 초월자의 반열을 넘어섰다는 뜻이기에 내 말을 확실히 믿게 되신 것 같다.

"무슨 말이에요?"

"여보, 연미에게 불행한 일은 없을 거라고 사위가 장담을 하는군."

"사, 사실이에요?"

"사실인거 같아. 한반도 주변에 펼쳐져 있는 것은 몰라도 평양 주변에 있는 결계는 신화속의 존재나 초월자라도 결코 뚫을 수 없는 것이니까 말이야."

"하지만……."

"걱정하지 마십시오. 어머님. 제가 능력을 잃는 일은 없을 테니까요."

"자, 자네! 정말인가?"

"정말입니다."
"오오! 이럴 수가!!"
무척이나 기뻐하시는 모습이다.
"두 분도 함께 떠나시게 될 겁니다."
"우리도 말인가?"
"그리고 연미 동생도 함께요."
"연화와 연정이도 말인가?"
"예."
"그 아이들은 지금 영재 학교에 있어 불가능한 일이네."
"흑운이 운영하는 영재 학교 말이군요."
"그렇다네. 연화와 연정이는 우리 두 사람을 붙잡아 두는 일종의 인질이라고 할 수 있네. 하루 종일 감시가 붙어 있어서 어렵네."
"걱정하지 마십시오. 그것도 이미 해결책을 가지고 있으니 말이죠."
"흑운을 얕보지 말게. 그들이 가지고 있는 진정한 힘은 정말 무섭다네. 연미 엄마가 흑운 내에서도 강자라고 소문이 나기는 했지만 서열이 십위 권에도 들지 못하니까 말이야."
"상당하군요."
장모님이 가지고 있는 능력이라면 특급능력자 100명은 맞상대할 수 있다. 그런 능력을 가지고 있음에도 10위 권 밖의 실력이라니 흑운이 얼마나 대단한 조직인지 알 수 있을 것 같다.

'하긴, 그러니까 한반도를 폐쇄하고 전 세계를 적으로 돌릴 수 있었겠지.'

핵을 비롯해 공화국이 엄청난 군사력을 보유하고 있기는 하지만 전 세계에 비한다면 조족지혈이다.

그럼에도 지금까지 국가를 유지하고 있는 것은 다 그만한 이유가 있다고 생각했는데 예상이 맞았다.

능력자 전력이 강대국에 비해서도 결코 뒤지지 않는 것이다.

"흑운의 특급 능력자 중 두 명이 연화와 연정이를 감시하고 있네. 바로 영재 학교의 교장과 교감이 바로 그들이지. 아무리 자네라고 해도 두 사람 몰래 아이들을 빼내오는 것은 어렵다고 보네."

"그런 능력자들이 있다고 해도 상관이 없습니다. 두 아이 다 무사히 빼올 수 있으니 말이죠. 그러니 결정을 내려 주십시오. 저희와 함께 떠나실 것인지 말이죠."

"알겠네. 자네가 장담을 하니 믿겠네. 하지만 공화국을 떠나서 우리가 살 곳은 있나?"

"함께 살 곳은 이미 준비가 되어 있습니다."

"알았네. 그렇게 하도록 하지. 어차피 미련도 없는 땅이니까 말이야."

장인어른이 확답을 해 주었다. 이제 한 가지 일만 더 처리하고 공화국을 떠나면 될 것 같다.

"그럼 연미하고 준비를 좀 해 주십시오. 저는 한 가지 볼일이 더 남아 있어서 말이죠."

"자네 아버지 일이로군."

"예, 장인어른. 만수연구소에 다녀 올 생각입니다."

"으음. 만수연구소에는 지금 후계자가 있는데 괜찮겠나?"

"후계자가 그곳에 있었군요."

후계자가 루시퍼의 권능을 부릴 수 있는 초월자에 근접한 존재라고 들었다. 평양에서는 전혀 그런 기운을 느낄 수 없었는데 만수연구소에 있었던 모양이다.

"후계자도 자네 아버지의 연구에 관심이 지대한 모양이라 어려울 것이네."

"루시퍼의 권능을 가지고 있는데도 아버지의 연구가 필요하다는 건가요?"

"그렇다네. 루시퍼의 권능을 담기에는 후계자의 육체가 너무 미약해서 자네 아버지가 만들어낸 것들로 겨우 버티고 있는 중일세."

흑운이 연구하고 있던 것은 권능을 담을 수 있는 최적의 신체였다. 영생과 불사를 간직한 신체라면 신화 속의 존재들이 가지고 있는 권능을 충분히 구현할 수 있어서다.

흑운은 선천적으로 특별한 능력을 지닌 존재들을 통해 영생불사의 신체를 연구했다.

한반도가 공화국 단일체제로 움직이기 시작한 후 남쪽의 사람들이 수용된 것도 그 때문이다.

인간이 가지고 있는 생명력의 근원을 이용해 실험에 의해 변화된 능력자를 강화하는 방법을 찾기 위해서 수용소가 세워진 것이다.

수용소별로 다양한 방법으로 실험이 진행이 됐다. 기본적인 것은 인간이 가진 근원적인 감정을 에너지원으로 해서 능력을 키우고, 신체를 강화하는 것이었다.

'실패한 능력자들이 수용소 외곽에 배치되어 감시조로 운영되더니 결국은 더 이상 실험을 진행할 수 없다고 결론을 내린 모양이군. 후계자나 흑운이나 만수연구소를 점거한 것도 실패를 예상했기 때문이고…….'

만수연구소가 후계자의 손에 들어간 후 계속해서 실험이 진행되고 있다고 들었는데, 그 전에 이미 실패를 예상한 것 같다.

최고 지도자가 히든카드를 쥐고 있는데도 무리한 것을 보면 틀림없을 것이다.

'아닌 척하면서 아버지나 내가 하고 있는 연구에 관심을 가지고 있는 것도 그 때문일 테고.'

러시아에서 연구를 진행하며 영생불사의 신체를 인위적으로 만든다는 것이 초월자를 뛰어 넘는 것만큼이나 거의 불가능하다는 것을 알았기에 어느 정도 상황을 짐작할 수 있었다.

제3 장

영생불사는 아니지만 아버지와 내가 하고 있는 연구가 성공한다면 권능을 담더라도 최소한 육체가 붕괴되지 않을 정도는 될 수 있다는 것을 후계자도 알아차린 것이 분명하다.

"흑운에서도 별도의 연구를 하고 있다고 알고 있었는데 결국은 실패한 모양이군요."

"으음, 그것도 알고 있었던 모양이군. 자네가 말한 대로 흑운이 진행하고 있는 연구는 실패했네."

"장인어른, 혹시 후계자뿐만이 아니라 흑운에서도 아버지의 연구 결과가 필요한 것이 아닌가요?"

'맞네, 흑운이 만들어진 기반은 선천적인 능력자들이네. 세계가 변화한 후 능력을 강화하는 실험이 진행이 되었고, 흑운의 전력은 수십 배로 늘어났지만 후계자와 같은 문제에 부딪치고 말았네. 능력이 커질수록 육체가 붕괴하는 현상이 가속화되어 버렸지. 막을 수 있는 방법은 초월자를 뛰어 넘어 신의 영역으로 들어가거나, 영생불사의 육체를 얻는 것뿐이었네. 모든 실험이 실패하고 난 뒤에 기댈 곳은 하나뿐이었네. "

"아버지가 최고 지도자를 위해 연구하고 있는 것이었군요."

"맞네. 자네 아버지의 연구는 어느 정도 흑운의 기대를 충족시켰지. 그나나마 자네 아버지가 연구한 결과물들이 육체를 유지하게 만들어주고 있으니까 말이야."

"그렇군요."

"후계자는 러시아의 연구소가 완전히 사라졌다는 보고를 듣자마자 곧바로 만수연구소로 갔네. 자네가 하고 있는 연구에도 기대를 하고 있었는데 연구소가 완전히 사라져 버린 때문이었지. 자네 아버지의 연구가 후계자에게는 진짜 최후의 보루니까 말이야."

"누군가 아버지를 노리고 있는 모양이군요?"

"그렇다네. 매영이 움직이기 시작했네."

"으음, 어찌 되었던 아버지가 위험하겠군요."

"구하기가 쉽지 않을 걸세."

"일단 가보도록 하겠습니다."

"방법이 있나?"

"지금은 모르지만 만수연구소로 가면 방법을 찾을지도 모르겠습니다."

"언제 가려는가?"

"지금 바로 출발하는 것이 좋겠습니다."

"지금 바로 말인가?"

"예, 장인어른."

"알았네. 대신 연미는 이곳에 놔두고 가도록 하게. 위험할 수도 있으니까 말이야."

"그렇지 않아도 그렇게 할 생각입니다. 일단 아버지를 구하고 난 뒤 흑운의 시선이 만수연구소로 쏠리면 처제들을 구하도록 하겠습니다."

"고맙네."

"그럼 가보겠습니다."

덥석!

만수연구소로 공간 이동을 하려고 자리에서 일어나자 연미가 달려와 안긴다.

"미안해."

"가족인데 미안하긴. 동생들을 무사히 구해올 테니까 걱정하지 말고 여기에 있어."

"알았어."

"그럼 갔다가 올게."

"그래 잘 다녀와."

팟!

연미를 한 번 꽉 안아 준 후 공간 이동을 했다. 만수연구소 안이 아니라 근방이었는데 만약을 위해서였다.

만수연구소 주변은 철통같은 경계망이 펼쳐져 있었다.

8군단 산하의 특수병들이 지키고 있을 뿐만 아니라, 흑운에 소속된 능력자들 다수가 요소요소를 지키고 있어 들키지 않고 접근하기가 쉽지 않았다.

하지만 이런 경계도 나에게는 문제가 되지 않았다. 문제가 된 것은 오히려 다른 것이었다.

'내 예상이 맞았군. 만수연구소는 아예 공간 이동이 불가능한 곳이다.'

전에는 알 수 없었지만 이제는 확실히 인지가 된다. 아버지가 나에게 물려주신 고대의 유적이 있는 공간은 단순히 유물을 보관하던 곳이 아니었다.

기감을 펼쳐 살펴보니 특별한 힘으로 능력자의 공간 이동을 원천적으로 막고 있었다. 에너지만 존재하는 것이 아니라 의지를 가진 존재가 그것을 조율하고 있었다.

'정말 강력한 의지다. 저 정도의 의지라면 초월자를 뛰어넘는 존재라 할지라도 외곽을 넘을 수 없을 것이다. 으음, 내가 들어갔던 공간이 신화의 힘을 간직하고 있는지도 모르겠군.'

보이지는 않지만 느껴지는 기운을 보면 신격을 가진 존재들까지 출입이 통제된 것이 분명하다.

그럴 만한 능력을 지닌 이는 고위의 신격을 가진 존재이거나 창조주밖에 없을 것 같다.

'천곤과 유적을 얻기는 했지만 감춰진 비밀이 또 있는 모양이로군. 그나저나 어떻게 저기로 들어가지?'

밝혀지지 않는 비밀이 있는 것 같지만 지금은 그것이 문제가 아니었다. 어떻게 해서든지 만수연구소 안으로 들어가는 것이 문제였다.

'출입하는 자가 있다면 몰래 뒤를 따라 들어가면 되는데 말이야.'

출입구가 언제 열릴지 알 수가 없는 상황이다. 누군가 들어간다면 충분히 잠입할 수가 있다.

초월자라 할지라도 내 기척을 알아차리지 못하게 할 수 있는 능력이 있으니 말이다.

'일단은 기다리는 수밖에는 없군.'

사람들이 안에 있는 이상 먹고 마시고 해야 한다. 생필품도 필요할 테니 수송 차량이 드나들 터였기에 기다리기로 했다.

'기다리는 동안 그들과 접촉을 해봐야겠군.'

만수연구소에 들어가는 이들을 기다리는 동안 미국 쪽에 있는 이들과 접촉을 해보기로 했다.

바로 탱크 일행이다.

— *젠, 브리턴에 있을 때 나와 같이 있던 사람들의 파장을 기억하고 있지?*

— *예, 마스터.*

— *그들과 접속을 하고 싶은데 가능하겠어?*

— *충분히 가능합니다.*

— *좋아. 그러면 접속을 해봐.*

파장을 찾는지 잠시 지체되었지만 잠시 후 젠이 탱크 일행과 접속이 됐음을 알려 왔다.

— *마스터, 연결이 되었습니다. 잠시 정보를 살펴본 결과 마스터가 계획하신 대로 골든 게이트의 전위 조직인 테라 나인에서 나와 이제는 독립해 하나의 세력을 꾸미고 있는 중입니다.*

— *어느 정도지?*

— *초월자 전력에서는 골든 게이트에 비해 현저히 열세이기는 하지만 그 이하의 전력은 뛰어넘은 상태입니다.*

— *대단하군. 벌써 그 정도로 성장을 했다니 말이야.*

— *다른 조직들의 전위들을 설득한 것이 주요한 모양입니다.*

— *하긴, 목줄에 묶인 개나 다름없는 신세였으니까. 나와 연결을 해 줘. 그리고 얼마나 성장을 했는지 체크를 해줘*

— *예, 마스터.*

젠이 연결을 하자 세 사람의 파장이 고스란히 느껴진다.

탱크, 제레미 그리고 유리안의 파장이 느껴지니 감회가 새롭다.

— 후후후, 다들 오랜 만이야.

— 으음, 돌아온 것이오?

탱크 일행에게 텔레파시를 보내자 묵직한 생각이 전해져 온다.

— 얼마 전에 돌아올 수 있었다.

— 언제 만날 수 있는 것이오?

나와의 만남이 궁금했었나 보다. 하긴 지금 처지라면 그럴 만도 하다.

— 조만간 만나게 될 거다. 우리가 만나려면 몇 가지 도움이 필요하다.

— 무슨 도움이요?

— 혹시, 미국의 능력자들이 한반도 쪽으로 와 줄 수 있나?

— 그건 곤란하오. 골든 게이트를 비롯해 각 조직들이 우리를 지켜보고 있어서 말이오.

— 능력자들이 많이 오지 않아도 된다. 항공모함 한 대 정도가 동해에 머물고, 능력자들이 한반도 공격을 준비하는 모습을 사흘 정도만 보여 주면 되니 말이야.

— 무엇 때문에 그러는 것인지는 모르지만 그 정도는 가능할 것 같소. 마침 일본 쪽에 우리 세력이 있으니 말이오.

— 곧바로 가능한가?

— 가능할 것이오.

— 그럼 부탁을 좀 하지. 될 수 있는 한 진실이 늦게 알려지면 좋겠다. 공화국의 정보력이 만만치 않으니 말이다.

— 정보를 완전히 은폐하는 것은 어렵지만 최소한 사흘은 충분히 가능할 것이오.

— 후후후, 그러면 사흘 후에는 볼 수 있겠군.

— 사흘 후에 미국에 온다는 말이오?

— 그럴 예정이다. 더 빠를 수도 있고 말이지. 자세한 이야기는 그 때 하기로 하지.

— 알았소. 그때 보도록 합시다.

탱크의 대답을 끝으로 연결을 끊었다.

텔레파시를 통해 제레미와 유리안도 우리의 대화를 듣고 있었기에 별다른 안부를 전하지는 않았다.

— 젠, 어떻게 생각해?

— 마스터께서 직접 손을 봐준 덕분인지 초월자로 성장할 가능성이 높습니다.

— 세 명 다 그런가?

— 그렇습니다.

— 만났을 때가 기대가 되는군.

확실히 기대가 되기는 한다. 전력 면에서는 아직 기존 조직들과 숨어 있는 존재들에 비해 열세지만, 이들이 성장한다면 지구의 판을 뒤집을 수 있으니 말이다.

— 젠, 다른 자들을 살펴 볼 수는 없는 건가?

— 앞으로 48시간 후 시스템 구축이 완료되면 관찰이 가능할 겁니다.

— 전위들은 중요한 전력이 될 테니 잘 살펴봐줘. 쓸 만한 자들을 골라내는 것도 잊지 말고 말이야.

— 예, 마스터.

— 그나저나 기다리는 것도 지겹군.

— 많이 기다리지 않아도 될 것 같습니다. 삼십 분 후 정도면 도착할 것 같습니다.

— 수송 차량이 움직이는 모양이군.

— 그렇습니다.

젠의 말 대로였다. 차량의 이동으로 인해 경계망이 잠깐 열렸다가 사라지는 것이 느껴졌다.

커다란 트럭 세 대가 만수연구소를 향해 오고 있었다. 산길이라서 그런지 30분은 걸릴 것 같았다.

조금 기다리고 있으니 차량이 보였다. 커다란 군용 수송 트럭이었다.

'예상대로 필요한 물품을 운반하는 차량이로군.'

빠르게 차량 쪽으로 접근했다. 주변에 은신한 채 감시를 하고 있는 특수군 전력들이 있었지만 접근하는 것은 그리 어렵지 않았다.

연구소로 들어가지 전에 철저한 검문이 이루어질 것이 분명해 보였다. 차량 위 허공에서 신형을 감추고 기척을 완전히 죽여 차량과 함께 움직였다.

차량들이 연구소 출입문이 있는 절벽 앞에 섰다.

주변을 경계하고 있던 흑운의 능력자들이 차량 밑바닥에서 화물칸까지 샅샅이 뒤지기 시작했지만 허공 위를 날고 있는 나를 발견할 수는 없었다.

쿠르르릉!!

이상이 없자 거대한 절벽이 움직이며 출입구가 열렸다.

능력자들의 감각을 피해 공중 부양을 한 채 중간에서 움직이는 트럭의 뒤를 따라 안으로 잠입할 수 있었다.

'아버지부터 찾자.'

들어올 때부터 기감을 활성화시킨 터라 곧바로 아버지의 파장을 찾았다.

'아무데도 없다. 분명이 이곳에 계실 텐데 느껴지지 않는 것을 보면 거기에 계실지도 모르겠군.'

만수연구소 안에서 기감을 완벽하게 차단할 수 있는 공간은 하나뿐이다.

'엘리베이터를 통해 내려가는 방법밖에는 없는데 곤란하군.'

모든 이동 수단은 인증 절차를 통해 움직이도록 되어 있는 곳이 만수연구소다. 엘리베이터라고 다를 것이 없었다.

아무도 타지 않는 엘리베이터가 움직인다면 당장 흑운의 주의를 끌 것이 분명했기에 곤란했다.

'아주머니구나.'

지하로 내려갈 방법을 찾기 위해 주변을 살피고 있을 때 미영 아주머니가 지상으로 올라가는 엘리베이터에서 내리고 있는 것이 보였다.

'다행이다.'

지하에 있는 연구실로 가는 것인지 내가 있는 곳으로 다가오고 있었기에 아주머니의 뒤를 따라 가기로 했다.

흑운에서 나온 자들이 엘리베이터 앞을 지키고 있었지만 아주머니의 따라가는 것은 문제가 되지 않았다. 애초부터 땅을 딛지 않은 터라 감지 자체가 되지 않아서다.

'걱정이 많으신 모양이구나. 아마도 아버지 때문이겠지…….'

내색을 하지 않으려 애를 쓰시는 것 같지만 걱정이 가득한 눈빛을 하고 계시는 모습을 보니 마음이 애잔했다.

'혼자서는 떠나시지 않을 것이니 아버지를 구한 후 다음에는 미영 아줌마다.'

아버지의 행방을 모르시는 것이 분명했다. 아버지도 혹시나 자신으로 인해 피해가 갈까봐 말씀을 해주시지 않은 것이 분명하다.

말은 하지 않았지만 서로의 마음을 누구보다 잘 알고 있는 두 분이니 같이 탈출하는 것이 좋을 것 같아 미영 아줌마의 몸에 마킹을 했다.

지하로 내려가는 엘리베이터가 연구실에 멈춰선 후 밖으로 나섰다. 미영 아줌마는 연구실로 향했고, 나는 아버지가 계실 것으로 여겨지는 비밀 장소가 있는 곳으로 향했다.

'으음, 확실하구나.'

비밀 장소에 도착한 후 내가 이곳을 떠나기 전에 펼쳐두었던 결계에 이상이 생겼음을 알 수 있었다.

들어갈 수 있는 방법을 막아둔 것을 보니 예상대로 안에 아버지가 계신 것이 분명했다.

아버지가 계실 것이라는 확신이 든 후 두변부터 살폈다.

'좋아! 주변에 아무도 없으니…….'

감시하는 장비나 사람의 기척이 느껴지지 않았기에 결계를 풀었다. 비밀 장소에 들어가는 출입문이 활성화되는 것을 보았지만 선불리 움직일 수 없었다.

다시 한 번 주변을 살핀 후 아무도 없다는 것이 확인되자 문을 열고 안으로 들어갔다. 재빨리 들어간 후 문을 닫았다.

창백한 표정으로 책장에 기댄 채 앉아 있는 아버지의 모습이 보였다.

"아버지!"

"헉! 헉! 왔구나."

가쁜 숨을 몰아쉬며 나를 바라보는 아버지의 눈은 생기를 잃어가고 있었다.

재빨리 아버지에게 다가간 후 심장 부근에 손을 얹고 기운을 불어넣었다.

거부하려는 몸짓에 아버지에게 텔레파시를 보냈다.

— 거부하지 마시고 제가 넣어드리는 기운을 받아들이세요. 저는 아무렇지 않으니까 아버지 몸만 챙기시면 됩니다.

많이 쇠약해진 상태다. 아버지 옆에 과자 부스러기 같은 것을 보니 식사도 제때에 하지 못하신 모양이다.

천천히 기운을 주입해 아버지의 생기를 북돋았다.

'아직 흡수되지 않은 대지의 기운이 남아 있어 다행이다.'

생명을 키우는 대지의 기운이 아버지의 몸 곳곳에 남아 있어서 생기를 북돋는 것이 한결 쉬워 졌다. 대지의 기운을 유도에 아버지가 흡수하실 수 있게 도와드리는 것만으로 안색이 점점 좋아지고 있었다.

"이제 좀 괜찮으세요?"

"덕분에 좋아졌구나, 차훈아. 그런데 너는 괜찮은 것이냐?"

"말씀 드렸듯이 아무렇지 않아요. 그런데 언제부터 여기에 계셨던 거예요?"

"여기에 들어 온지 닷새 정도 지난 것 같다."

"닷새나요?"

"흑운의 움직임이 갑자기 급박해졌다. 사실상 최고 지도자를 구금하고 있는 것이나 마찬가지였는데도 불구하고 갑자기 모종의 장소로 이송하려고 하는 것을 보고 이곳으로 내려 왔단다."

5일 전에 수상한 움직임을 보였다는 말이 이상했다.

도대체 무슨 일이 있었기에 갑작스럽게 최고 지도자를 이송하려 했는지 궁금했지만 시간을 끌 때가 아니었다.

"아버지, 지금 나가셔야 할 것 같습니다."

"그러자. 잠시만 기다리도록 해라. 가기 전에 우선 저것들부터 처리해야 한다."

책장 옆에 아버지가 숨겨놓은 것으로 보이는 케이스들이 쌓여 있었다. 아버지가 그동안 연구한 결과물들이 분명했다.

"파기하시려고 그러는 겁니까?"

"가지고 갈 수 없으니 파기해야 한다. 저것들이 흑운의 손에 들어가면 문제가 커질 테니 말이다."

"파기하지 않으셔도 됩니다, 아버지. 충분히 가지고 갈 수 있습니다."

"이 많은 양을 말이냐?"

"예."

대답을 하고 나서 아공간을 열었다. 공간의 틈새를 확장해 놓은 것이라 아버지가 숨겨놓은 결과물 가지고 가는 데는 아무런 문제가 없었다.

갑자기 나타난 아공간 속으로 케이스들이 사라지자 아버지가 놀라시는 것 같다.

"공간 계열의 능력을 전부 얻은 모양이구나."

"어쩌다가 그렇게 됐습니다."

"좋은 능력을 얻어 다행이다. 그나저나 빠져나가기가 쉽지 않을 거다. 요소요소에 흑운이 지키고 있으니 말이다."

"후후후, 걱정하지 마세요. 제가 가지고 있는 공간 계열의 능력이라면 놈들이 저를 찾아내더라도 충분히 벗어날 수 있으니 말입니다."

"알았다. 그런데 차훈아. 한꺼번에 몇 명이나 이동이 가능한 거냐?

"미영 아주머니도 같이 갈 거니까 걱정하지 않으셔도 되요. 아주머니를 데리고 와야 되니까 잠시만 기다리세요."

아버지가 무슨 뜻으로 하시는 말씀이신지 알기에 미영 아주머니를 데리고 올 뜻을 밝혔다.

공간 이동을 통해 외부에서 내부로 들어오는 것은 어렵지만 연구소 안에서는 다르다. 공간 이동을 통해 안에서 움직이거나 바깥으로 나가는 것은 문제가 없었다.

"정말 다행이다. 기다리고 있을 테니 어서 모시고 와라."

"다녀오겠습니다."

아버지의 손을 잡고 부축해 일으켜 드린 후 젠을 불렀다.

— *젠!*

— *말씀 하십시오, 마스터.*

— *이곳을 폐쇄해 줘.*

— *완전히 폐쇄하는 겁니까?*

— 아니, 나만 출입할 수 있도록 코드를 걸어둬.

— 알겠습니다, 마스터.

팟!

젠의 대답을 듣고 곧바로 공간 이동을 했다.

팟!

갑자기 나타난 나 때문에 놀란 탓인지 연구원들은 별다른 움직임을 보이지 않았다.

피피피핏!

미영 아주머니가 주변에 있는 사람들을 모두 기절시켰다.

에테르를 뿌려 뇌의 기능을 순간적으로 정지시킨 탓에 깨어나도 별다른 이상이 없을 터였다.

터터터턱!

힘없이 바닥으로 쓰러지는 연구원들을 보면서 미영 아주머니가 손으로 입을 가렸다.

"아줌마, 괜찮아요?"

"차, 차훈아. 어떻게 네가?"

"아버지를 구하러 왔어요."

"소장님을? 소장님은 괜찮은 거니?"

"괜찮으세요. 이곳을 빠져나갈 거니까 제 손을 잡으세요. 그리고 너무 놀라지 마세요."

"아, 알았다."

갑자기 나타났던 내 모습을 보았기에 짐작을 하셨는지 미영 아주머니는 떨면서도 내 손을 잡았다.

팟!

곧바로 비밀의 장소로 이동을 했다.

"미영 씨!"

이동을 하자마자 아버지가 반가운 목소리로 미영 아주머니를 맞았다.

"소장님! 괜찮으신 건가요?"

"나는 괜찮아요."

"정말 다행이에요. 정말……."

미영 아주머니의 눈시울이 붉어 진 것을 보니 무척이나 걱정을 하셨던 모양이다.

— 마스터, 이동을 해야 할 것 같습니다.

— 그래야 할 것 같다.

연구소 내에서 공간 이동을 했더니 흑운의 인물들이 알아차린 모양이다. 이쪽으로 오는 것을 보니 말이다.

"이제 떠나야 할 것 같습니다."

"능력을 사용해서 가는 것이냐?"

"굳이 부딪칠 필요가 없으니 그래야 할 것 같습니다, 아버지."

"그래, 가자."

"제 손을 잡아주세요."

두 분에게 내 손을 내밀었다.

팟!

양손으로 두 분을 잡고 곧바로 공간 이동을 했다.

좌표를 이미 알고 있기에 만수연구소 바깥으로만 나가는 것이 아니라 연미의 집으로 갔다.

공간 이동으로 인해 찰나 동안 시야가 암전이 되었다가 되돌아오자 풍경이 바뀐 덕분에 두 분 다 놀라고 계시다.

'비어 있구나.'

연미에게 미리 이야기를 해둔 탓에 방에는 아무도 없었다.

갑자기 공간 이동을 하는 바람에 놀란 눈으로 나를 바라보는 아버지의 모습을 보면서 문을 열었다.

"차훈아, 여기는……."

"연미네 집이에요."

"으음."

장인어른이 후계자의 최측근 심복이라는 것을 아시는 터라 인상을 찌푸리신다.

"장인어른과 장모님도 공화국을 떠나실 거니까 염려하지 않으셔도 돼요."

"무슨 말이냐?"

"러시아에 있는 동안 연미가 제 안사람이 되었습니다. 얼마 있지 않아 아버지는 할아버지가 되실 겁니다."

"으음, 일이 그렇게 된 거냐?"

"예, 그리고 두 분도 사정이 있었습니다. 장인어른께서 그동안 후계자의 측근 노릇을 한 건 모두 연미와 장모님 때문이었다고 합니다. 그러니 걱정하지 않으셔도 됩니다. 아버지."

"으음, 그렇구나. 알았다."

아버지는 단박에 이해하셨다.

"기다리고 계실 테니 일단 나가시죠. 미영 아줌마도요."

"그래. 알았다."

밖으로 나가자 연미 부모님과 연미가 이미 거실에 나와 있었다.

잔뜩 긴장한 모습을 보니 도착하는 순간 기척을 느낀 것이 분명했다.

"소장님."

"오랜 만이오, 사돈!"

"아, 사위가 말씀을 드린 모양이군요. 사돈께서 무사하셔서 다행입니다."

"걱정해 주셔서 고맙소."

"아닙니다. 일단 자리에 앉으시죠. 그런데 이분은……."

"내 모든 것을 맡길 수 있는 분이오."

"그러시군요."

미영 아주머니를 의아하게 생각했던 모양이지만 아버지의 말에 장인어른이 수긍하는 모습을 보였다.

"차훈이 말로는 공화국을 떠나실 것 같은데 사실입니까?"

자리에 앉자마자 아버지가 단도직입적으로 물었다.

"공화국에 더 이상 희망이 없어서 그럴 생각입니다. 어차피 저는 아내와 연미만 무사하다면 상관이 없으니 말입니다."

"그러시군요. 그러면 안사돈은……."

아버지도 장모님이 흑운과 관계가 있다는 것을 이미 알고 계셨던 모양이었다.

"아내도 마찬가지입니다. 딸아이 때문에 어쩔 수 없이 흑운에 몸을 담았지만 맡은 소임 때문이라도 공화국을 떠나야 할 처지라서 말이죠."

"그렇군요. 그럼 언제 떠나실 생각입니까?"

"아무 때라도 상관없습니다. 어차피 사위가 떠나야 저희도 떠날 수 있으니 말이죠."

장인어른의 말씀을 들으시더니 아버지가 고개를 돌려 나를 쳐다보신다.

"수용소에서 인연이 있던 분들이 돌아오시면 곧바로 공화국을 벗어날 생각입니다."

"수용소에서?"

"러시아를 떠날 때 말씀을 드렸던 분들입니다."

"으음, 그분들도 구해낸 거냐?"

"예, 아버지."

"사람 수가 많은데 가능한 것이냐?"

"그분들까지 해서 모두 열한 명이지만 공간 이동을 하는 데는 문제가 없습니다, 아버지."

"대단하구나."

공간 이동 능력자가 최대한 같이 이동할 수 있는 사람의 수는 자신을 포함해 세 명 정도라고 지금까지 알려져 있다. 사람의 수가 늘어날수록 계산해야할 변수가 많아서다.

그런데 열한 명을 전부 이동시킬 수가 있다고 하니 놀라신 모양이다.

"언제쯤 이동을 할지는 모르지만 이대로라면 위험할 수도 있다. 후계자가 그리 만만한 사람이 아니니 말이다."

"알고 있습니다. 결계를 강화하는 것은 물론이고, 흑운이 이 잡듯이 공화국 전역을 뒤지고 있을 테니까 말이죠. 하지만 지금은 그럴 만한 정신이 없을 겁니다."

"그게 무슨 소리냐?"

"지금 미국 쪽에서 움직이고 있습니다."

"미국이 움직이다니 무슨 말이냐?"

"한반도 근처에 미국의 항모가 뜨고, 강력한 능력자들이 진입을 준비하고 있다는 정보가 지금쯤이면 후계자에게도 알려졌을 겁니다."

"공화국의 전력도 만만치 않다."

어디서 난 것인지는 모르지만 아버지는 공화국이 보유한 현대전의 전력이 만만치 않음을 상기시켰다.

"현존하는 무기 체계에 따른 전력이 상당한 것으로 알고 있습니다. 하지만 연료 수급 문제로 단기간은 몰라도 장기전을 벌이기는 어려울 테니 지금 속이 타고 있을 겁니다."

한반도가 공화국의 손에 들어간 후 주변을 둘러싼 강대국들이 제일 먼저 한 조치는 유류의 수출 금지였다.

그동안 공화국을 비호하던 중국마저도 국경을 폐쇄하고 유류의 공화국 반입을 철저히 감시할 정도였다.

덕분에 공화국 내에서 유류의 가격은 금값과 맞먹었다.

전쟁을 치르려고 해도 전쟁용으로 비축해 놓은 유류가 얼마 되지 않아 현대적인 전력은 그다지 위협이 되지 못하는 실정인 것이다.

그나마 비대칭 전력인 핵과 능력자들이 있어 강대국들의 압박을 견디고는 있지만 만약 전쟁이라도 벌어진다면 한순간에 붕괴될지도 모르는 것이 공화국의 실체였다.

"그렇기는 하다. 무기가 있어도 몇몇을 제외하고는 기름이 없어 훈련도 제대로 하지 못하는 형편이니 말이다. 그런데 미국이 그냥 움직일 리는 없고, 네가 요청한 것이냐?"

"아는 친구들이 있어서 도움을 좀 청했습니다."

"대단한 친구들인 모양이구나. 네가 말한 대로 된다면 당분간은 우리 쪽에 신경을 쓰지 않겠구나."

"그래도 당분간일 겁니다. 흑운의 정보력으로 볼 때 허실을 파악하는 데 걸리는 시간은 길어야 사흘 안에 사실을 알아차릴 확률이 높습니다."

"그래도 그게 어디냐. 조금이나마 시간을 벌 수 있으니 빠져

나가는 데 유리할 것이다. 그래, 시간을 얻었는데 무엇을 할 생각이냐?"

"일단 처제들을 구할 생각입니다."

"네 안사람의 동생들이라면 흑운에 볼모로 잡혀 있을 텐데 가능하겠느냐?"

"방법이 있으니 걱정하지 마십시오."

"알았다. 나와 미영 씨를 구해낸 것을 보면 그리 어렵지 않을 테지만 한 가지 걱정이 있다."

"걱정이라니요?"

"네 처제들의 세뇌가 이미 진행이 됐다면 데리고 오는 것이 어려울 수도 있다."

"세뇌요?"

"그래, 흑운이 무서운 이유는 일원에 대한 세뇌 작업에 있다. 후계자가 가지고 있는 능력중 하나를 발전시킨 것이지."

"세뇌 작업이라니 무슨 말씀입니까?"

아버지의 말에 불안한 표정으로 장모님이 물었다. 말씀하시는 것을 보면 세뇌 작업에 대해 모르는 모양이었다.

"흑운에 몸담고 있어도 모르는 자들이 많을 겁니다. 시술법을 알고 있는 이들은 후계자와 시술자 단 두 명뿐이라고 합니다. 당한 사람도 시술 이후에는 기억 자체가 아예 사라져 버려서 전혀 알려지지 않았지요. 저 또한 약물을 공급하는 과정에서 아주 우연히 알게 되었습니다."

"세뇌당하면 어떻게 되나요? 알고 계신 것이 있으면 말씀해 주세요."

"정확한 시술 내용을 알지 못하지만 효과는 아주 지독한 것이더군요."

"소장님께서 그리 말씀하시는 것을 보니 보통의 세뇌가 아니군요."

"그렇습니다. 사람의 심층 의식까지 완전히 종속시켜 살아 있는 인형으로 만듭니다. 겉으로 보기에는 아무 이상이 없는 것 같아 보이지만 지시가 떨어지면 어떤 명령이라도 수행하게 됩니다. 그것이 설사 부모를 살해하라는 명령이라도 말이죠."

"아아, 우리 아이들이……."

"어머님! 걱정하지 마십시오."

능력자답지 않게 휘청거리는 장모님을 향해 기운을 실어 말했다.

"자네에게 방법이 있는가?"

"신화의 능력이 사용되었다고 하더라도 처제들의 세뇌를 풀 방법이 제게 있으니 염려 놓으셔도 됩니다."

"자네만 믿겠네."

"저만 믿으십시오."

"알았네. 사위."

장모님을 위로해 드린 후 나에게 하실 말씀이 있으신 것 같아

아버지를 바라보았다.

"일단 말씀들 나누세요. 저녁이 다 되었으니 저는 연미와 함께 식사 준비를 할게요."

마음을 놓으셨는지 장모님이 연미를 데리고 부엌으로 가셨다. 장모님의 말씀에 다들 시장한 표정을 지었다, 특히나 아버지께서 무척 시장하신 모습이다.

"저도 도울게요."

미영 아줌마도 자리에서 일어나 부엌으로 향했다. 거실에는 남자 셋만 남았다.

"차훈아."

"예, 아버지."

"한 가지 걱정되는 것이 있다."

"뭐가 말입니까?"

"미국 쪽의 도움을 받은 것을 보면 그곳으로 갈 모양인 것 같은데… 너에게 도움을 준 자들 말이다. 그들을 전적으로 믿지는 말도록 해라."

"알고 있습니다. 그렇지만 그들에 대해서는 걱정하지 마십시오. 어차피 오래 같이 함께할 생각은 없는 이들이니 말입니다. 그리고 그들과는 언령의 계약으로 맺어진 만큼은 저와 약속한 것은 무조건 지킬 겁니다."

"다행이다. 그나마 능력자들 사이에 맺어지는 언령의 계약이라면 해지되기 전까지는 믿을 수 있겠구나."

"예, 아버지."

언령의 계약이라는 말에 아버지가 불안감을 지우셨다. 장인어른도 마찬가지였다.

능력자의 세계를 누구보다 잘 아는 만큼 언령의 계약이 가지는 무거움을 알기 때문이었다.

"미국에 가면 어떻게 살 것이냐?"

"미국은 당분간만 있을 생각입니다. 오래 있을 형편도 아니니 말이죠. 한 일 년 정도 머무르다가 유럽으로 갈 생각입니다."

"유럽은 왜?"

"아저씨들이 유럽에 기반을 마련해 둔 것이 있어요. 아저씨들이 가진 기반이라면 어느 정도 세력을 일굴 수 있을 것 같아서요."

"유럽도 넓은데 어느 쪽을 생각하고 있는 거냐?"

"동유럽과 중앙아시아를 생각하고 있어요."

"동유럽과 중앙아시아라면 쉽지 않을 거다."

고대의 신화를 가장 많이 간직하고 있는 곳이 바로 동유럽과 중앙아시아다. 그만큼 신화를 얻기 위한 이면 조직의 활동이 활발한 곳이다.

"아저씨들이 만든 기반이 그리 허술하지 않아요. 마침 그곳에 강제 이주한 고려인들도 많아서 세력을 일굴 수 있을 거예요."

"네가 그렇다니 믿기는 하겠다만 조심해야 한다. 특히 러시아의 이목은 상당히 조심을 해야 한다. 블리자드 또한 노리는 곳이니 말이다."

"걱정하지 마세요."

"흑운은 어떻게 할 생각인가?"

아버지와의 대화가 끝나기 무섭게 장인어른이 물어 오신다.

"흑운의 정보력이 무섭다고는 하지만 우리들을 쉽게 찾아내지는 못할 겁니다. 그리고 정신도 없을 테고 말이죠."

"미국 쪽의 움직임이라면 며칠 내로 허실이 밝혀진다고 하지 않았나?"

"미국 쪽이 아닙니다."

"흑운을 당혹하게 만들 이들이 미국의 능력자들이 아니라는 말인가?"

"예, 장인어른, 머지않아 최고 지도자가 칼을 빼들 겁니다. 그리고 그 뒤에는 그들이 있고 말이죠."

"매영이 다시 움직인다는 말인가?"

"그럴 겁니다. 그것도 전보다 훨씬 더 강력한 매영들이 말이죠."

회귀 전에 만수연구소에 있던 흑운을 단숨에 쓸어버렸다고 들었다. 그리고 차근차근 후계자의 세력을 없애고, 권력을 되찾은 것을 보면 그리 만만한 힘이 아니었다.

"더욱 강력해진 매영이 나타난다면 정말 복잡해지겠군. 후계자가 신화의 능력을 가지고 있다고 해도 모습을 드러냈을 때는 상대할 수 있다는 뜻일 테니까 말이야."

장인어른께서 수긍하시는 것 같다. 매영이 나타나는 것보다 더 큰 변화가 있겠지만 아직은 말씀을 드릴 일이 아니다.

아마도 내가 생각하는 그 일이 흑운은 물론 매영도 정신을 차리지 못하게 만들 것이기에 나에게는 충분한 시간이 있는 것이다.

"식사가 다 되었어요. 어서 오세요."

앞으로 어떻게 해야 할지 두 분과 의견을 나누는 동안 식사가 되어 다는 소리가 부엌에서 들려왔다.

우리가 도착하기 전에 준비를 하고 계셨던 것 같다.

두 분과 함께 부엌으로 가서 함께 식사를 했다. 부족한 식자재 때문에 많이 차리지는 못했지만 장모님의 정갈한 솜씨 때문에 아버지도 나도 꽤나 맛있게 식사를 할 수 있었다.

식사가 끝난 후에 몇 가지 의논이 이루어졌다.

앞으로 해야 할 일과 각자가 무엇을 할지에 대한 의논이었다. 처제를 구하러 가야하지만 아직 시간이 있기에 이루어진 논의였다.

첫 번째 논의는 미국으로 이동 후 헤어졌을 경우에 어떻게 해야 할지에 대해 말씀을 드렸다. 그리고 유럽에 갔을 때 여러 가지 경우를 상정해 행동 요령을 말씀드리기도 했다.

의논을 끝낸 뒤 밤이 늦어 각자 방을 나누어 잠을 청했다. 여러 가지 일들이 일어난 날이라 쉽게 잠들지 못했지만 어느새 깊이 잠이 들었고 다음 날이 되었다.

처제들을 구하러 갈 시간이 된 것이다.

제4 장

장모님이 마련한 아침식사를 한 후 집 주변에 결계를 쳤다. 하루 이틀 정도만 머물 테지만 안전한 것이 우선이었다.

단독주택인지라 주변의 눈치를 볼 필요가 없고, 젠이 있어서 결계를 치는 것은 아주 쉬웠다.

결계를 치고 난 뒤 다시 한 번 주의를 주었다. 절대 집을 떠나지 말라는 부탁이었다.

현재 장인어른과 장모님은 흑운에 의해 반 유폐된 상태다. 만수연구소에 이상이 생긴 이상 후계자는 주변부터 챙길 것이 분명했다.

확신은 없겠지만 의심의 눈초리가 두 분에게 향하게 되면 분명 신병을 확보할 테니 떠나지 못하도록 한 것이다.

"놈들은 강제로라도 우리를 확보하려 할 것이 분명한데, 집에 있는다고 괜찮겠나?"

"염려 마세요. 결계를 쳐두었으니 안으로 들어올 수 있는 자는 없을 겁니다."

"흑운에는 초월자도 있네."

"걱정하지 마세요. 초월자라도 제가 친 결계를 넘을 수 없을 테니 말이죠."

"알았네, 사위."

"그럼 저는 흑운이 기신들의 일원을 양성하는 영재 학교로 가보겠습니다."

내가 자리에서 일어나자 시선이 쏠렸다.

"학교의 위치는 알고 있나?"

"알고 있습니다, 장인어른."

대답을 하자 장모님이 말씀을 하셨다.

"빨리 다녀오게. 사실 두 아이가 어떻게 될지 몰라 불안해서 견딜 수가 없네."

"예, 장모님."

팟!

장모님도 불안해하시는 것 같기에 공간 이동을 통해 평양 외곽에 위치한 영재 학교로 향했다.

공간 이동을 하자마자 곧바로 신형을 숨겼다.

— *주변은 어때?*

— *상당수의 인물들이 잠복해 있습니다.*

— *으음, 곤란하군.*

소란을 떨면 곤란하기에 최소 인원이 있을 때 잠입하는 것이 나았다.

— *경계 시간이 어떻게 되는지 알아볼 수 있겠어?*

— *잠시만 기다리십시오.*

젠이 알아볼 동안 기감을 퍼트려 주변을 살폈다. 상당수의 인원들이 주변에 매복한 채 영재 학교를 감시 중이었다.

— *알아냈습니다. 저녁 아홉 시부터는 경계 인원이 절반으로 줍니다.*

— *너무 많이 주는군.*

— *학생들이 기숙사에 머물기 때문에 그 주변만 감시를 하는 것 같습니다. 아무래도 초월자에 근접한 자들 두 명이 기숙사 내부에 있기 때문인 것 같습니다.*

시간이 있으니 계획은 세웠지만 후순위로 밀려 있던 것을 처리하는 것이 좋을 것 같았다.

— *시간이 조금 남으니 그럼 다른 것부터 처리를 해야겠군.*

— *그곳으로 가시려는 겁니까?*

— *그래야 할 것 같아. 놈이 가진 것을 털어버리면 나중에 흔들기 좋을 테니까 말이야. 좌표는 알고 있지?*

— *곧바로 이동이 가능합니다. 내부에는 감시자가 없으니 놈*

들에게 포착될 염려도 없습니다.

— 그럼 가자.

— 예, 마스터.

젠의 도움을 받아 최고 지도자가 만들어 놓고 지금은 후계자가 관리하고 있는 비밀 금고 시설로 향했다.

막대한 양의 금과 고대 유물이나 아티팩트 같은 전략물자를 모아놓은 곳으로 회귀 전에 딱 한번 가본 적이 있는 곳이었다.

공간 이동을 통해 금고 시설 안으로 이동을 했다.

거의 2층 규모의 시설로 엄청난 보안 시설이 되어 있는 바깥과는 달리 안에는 아무 시설도 되어 있지 않은 금고였다.

금고 안은 예전과 비슷했다. 금고 왼편에 만들어진 공간에는 20여 톤의 금이 차곡차곡 쌓여져 있었고, 중앙과 오른쪽에는 유물들과 아티팩트, 그리고 한반도에서 나온 각종 영약들이 특수하게 만들어진 보관 상자에 담겨져 쌓여 있었다.

— 젠, 아공간으로 전부 수납시켜.

— 예, 마스터.

— 유물과 아티팩트를 조사하고 미국에 도착했을 때 무엇인지 알려줘.

— 알겠습니다, 마스터.

시선이 닿는 곳의 물건들이 아공간 속으로 빨려 들어갔다. 금고 안의 물건들을 아공간에 모두 담는데 5분 정도의 시간이 걸렸다.

— 그럼, 다음 장소로 가자.

— 예.

금고 안의 물건들을 싹 쓸어 담은 뒤에 다른 곳으로 향했다. 다른 곳에 있는 비밀 금고였다.

전에 대한민국이었던 국가의 부와 유물들이 도처에 숨겨져 있었다. 한반도를 차지한 후 미처 처분하지 못하고 비밀 금고를 만들어 분산 배치해 놨기에 여러 번 공간 이동을 해야 했다.

평양의 비밀 금고 이후 열세 번의 공간 이동을 통해 모든 것을 쓸어 담았다. 한 곳 한 곳이 평양과는 규모 자체가 달랐다.

최고로 작은 비밀 금고가 거의 10층 규모였는데 엄청난 양의 귀금속과 보석, 그리고 유물들이 쌓여 있었다.

국가 소유의 것뿐만이 아니라 민간이 보유하고 있던 것들을 싹 긁어모았던 것이 분명했다.

층별로 이동해서 아공간에 담느라 상당한 시간이 걸렸다. 모든 비밀 금고를 털고 나니 밤이 깊어가고 있었다.

— 전부 끝난 것 같으니 이제 가자.

— 평양으로 가는 겁니까?

— 그래.

젠의 도움을 받아 곧바로 평양으로 이동했다. 다행이 어두운 밤이라 내 기척을 알아차린 이는 없었다.

— 젠, 경비 상황이 어떤지 살펴봐 줘.

— 상당한 숫자가 안과 밖에 포진해 있습니다만, 하나둘 철수

중입니다.

— 수업이 끝날 시간이 다 돼서 그런 것 같군.

— 그런 것 같습니다.

— 놈들이 빠지면 안으로 들어가 보자.

— 예, 마스터.

숨어 있는 능력자들 절반이 빠져나가기까지 기다리다 조심스럽게 학교 안으로 스며들었다. 결계가 쳐져 있었지만 알아차리지 못하게 뚫는 것은 일도 아니었다.

학교 안으로 들어와 기감을 펼친 후 수업을 하고 있는 교실들을 살폈다.

가지고 있는 에테르의 양이 만만치 않은 것을 보면 아이들을 가르치고 있는 교수진들도 상당한 능력자들이 분명했다.

— 교수들도 상당하군.

— 그런 것 같습니다. 결계 때문에 인지를 못한 것 같습니다, 마스터.

— 괜찮아. 숨기는데 특별한 기능을 가진 결계였으니 말이야.

쉽게 뚫기는 했지만 간단한 결계가 아니었다. 초월자들에게서 아이들을 감추기 위해 만들어진 결계답게 은신에 특별히 특화된 결계였던 것이다.

— 수업이 끝나면 돌아가는 자들도 있을 테니 나올 때까지 기다려 보자고.

— 지금이 마지막 수업 같으니 그래 오래 기다리지 않아도 될

것 같습니다.

영재 학교의 마지막 수업이 끝나는 시간은 대략 저녁 9시 전후다. 저녁 식사 끝나고 2시간의 수업을 한 후 하루의 일과를 끝내는 일정이다. 기다리다 보면 퇴근하는 교수들도 있을 것이 분명했다.

— *들키지 않게 주의하면서 처제들의 파장을 한 번 살펴봐.*

— *알겠습니다. 마스터. 다행이도 같은 교실에서 수업을 받고 있는 것 같습니다.*

젠이 처제들을 금방 찾아 나에게 말해 주었다.

— *연결을 시켜 드리겠습니다.*

젠이 감각을 연결을 시켜준 탓에 처제들의 파장을 금방 확인할 수 있었다.

'다행이군.'

영재 학교는 나이에 상관없이 같이 수업을 받는다. 일반적인 학교의 수업과는 달리 능력 발현에 대한 수업이다.

가지고 있는 능력의 강함 정도에 따라 반이 정해지기에 처제들은 한 교실에서 수업을 받는 것 같았다.

'수업이 끝나면 기숙사에 머문다고 했으니 수업이 끝날 때까지 기다려야겠군.'

당장 구해가고 싶지만 아직은 소란을 일으키면 곤란하기에 수업이 끝날 때를 기다렸다.

얼마 지나지 않아 수업이 끝나고 교실로 나온 학생들이 삼삼

오오 짝을 지어 자신의 숙소로 향했다.

신형을 감추고 처제들의 뒤를 따르는데 주변에서 묘한 기척이 느껴진다.

— *인질로 삼았다고 하더니, 저들이 처제를 감시하고 있는 자들이로군.*

— *그런 것 같습니다.*

— *어떻게 알아차린 것인지는 모르지만 나에 대해서 눈치를 채버린 것 같으니 처리를 해야겠다.*

특급 능력자라고는 하지만 거의 초월자에 준하는 자들이다.

영재 학교에서 세뇌 작업이 이루어지는 만큼 둘 중 하나가 시술자일 것이기에 제압할 필요가 있었다.

— *결계를 준비할까요?*

— *그러는 것이 좋겠어. 사념이라도 퍼지는 날에는 동네방네 소문이 날 테니 말이야.*

초월자에 준하는 자들이라면 언제든지 사념을 보낼 수 있었다. 방심하고 있는 지금 결계를 쳐둔다면 향후 발생할 변수를 미연에 방지할 수 있을 터였다.

— *됐습니다.*

기숙사를 중심으로 1차 결계가 쳐지고 학교 주변으로 2차 결계가 쳐졌다.

젠이 한 것은 그것뿐만이 아니었다.

학생들이 피해가 갈 것을 우려해 공간 왜곡까지 병행했다.

— 다들 재웠나?

— 현재 전부 수면 상태입니다.

— 스캔하는 것 잊지 말고. 난 저놈들을 상대해야 하니까 말이야.

— 알겠습니다, 마스터.

세상과 단절된 탓에 두 놈은 나에 대해 확실히 인식하고 있었다.

내 존재가 보다 확실히 드러난 것도 그렇지만 왜곡된 공간 자체가 나의 영역이었기 때문이었다.

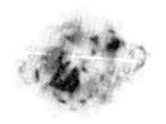

"대단하군. 누군가 구출하러 올 줄은 짐작했지만 공간 왜곡까지 할 줄 알다니 말이야."

모습을 드러내 중년의 사내가 입을 열었다. 영재 학교의 교장이자 흑운의 실력자 중 하나인 이창진이었다.

"후후후, 숨어 있어 봐야 별 볼일 없을 테니 다른 자도 나오라고 하지."

"이런! 알고 있었나?"

딱!

차훈의 말에 이창진이 손가락을 튕겼다.

소리와 함께 일렁이는 검은 안개 형태의 존재가 차훈의 뒤에 모습을 드러냈다.

"재미있군. 정신체로 변환이 가능하다니 말이야."

"여기에 잠입하면서 그것도 몰랐었나?"

초월자가 되기 위해서는 완전한 정신체를 이루어야 한다.

물질적인 면을 벗어나야 초월자라고 할 수 있지만 아직은 완성된 것이 아니었다.

하지만 초월의 영역에 완전히 진입하지 못한 탓에 변환을 할 수밖에 없다고는 해도 초월자에 준하는 권능을 발휘할 수 있는 존재였다.

'자신감인가? 아니면 방법이 있다는 건가?'

이창진의 차훈의 태도에 도저히 갈피를 잡을 수 없었다. 초월자에 준하는 능력을 지닌 존재를 보고도 아무 반응이 없었기 때문이다.

'도저히 읽어 낼 수가 없구나.'

얼마 전에 초월의 영역에 발을 디뎌 전과는 완전히 다른 존재로 거듭난 자신이었다. 그럼에도 차훈의 진실한 힘을 느낄 수 없어 이창진은 곤혹스러웠다.

"어차피 부딪쳐야 하니 시작해 볼까?"

"네놈의 자신감이 하늘을 찌르는 것 같다만, 후회하게 될 것이다."

팡!

말이 끝남과 동시에 검은 구체가 차훈을 향해 쇄도했다.

에테르를 응집시켜 만들어진 검은 구체가 앞뒤에서 빠른 속도로 차훈에게 다가들었다.

퍼퍽!

위—이잉!

차훈이 내민 손바닥에 저지당해 멈춰선 구체가 맹렬히 회전했다.

에테르를 유형화시켜 상대를 공격하는 것도 놀라운데 원거리에서 원격으로 조정을 하고 있었다.

'의지를 심은 것을 보니 초월자들이다. 이자들은 일부러 자신의 힘을 감추고 있다.'

손바닥에서 느껴지는 강렬한 기운 속에서 의지를 읽을 수 있었다. 차훈은 상대가 초월자에 진입하기 시작한 존재가 아니라 완전한 자들임을 깨달을 수 있었다.

우웅!!

손바닥과 검은 구체 사이에 원반 형태의 붉은 기운이 생성되었다. 기운과 기운이 부딪친 탓에 공간이 울렸다.

"헉!"

"으음."

차훈이 만들어낸 것을 보며 두 존재가 헛바람을 삼켰다.

붉은빛을 뿜어내는 원반에 도드라진 금빛으로 빛나는 문양들 때문이었다.

의지를 형상화해 특별한 힘을 발휘하는 형태의 문양이 무엇을 뜻하는지 누구보다 잘 알고 있는 탓이었다.

차훈이 지금 만들어낸 유형화된 에너지는 권능이 발현되고 있다는 것을 뜻했다.

초월의 존재를 지나 신화 속의 존재가 가질 법한 힘이기에 이창진과 정신체를 이룬 존재는 위험하다는 것을 본능적으로 알아차린 것이다.

검은 구체를 막고 있던 원반의 형태가 변했다. 마치 보자기처럼 검은 구체를 감쌌다.

콰드드드득!

붉은빛 속의 금빛 문양들이 떠올라 주변을 밝히더니 기괴한 소리가 안쪽에서 흘러나왔다.

의지를 담은 유형화된 에너지들이 부서지는 소리였다.

'제길! 신족이군.'

강력한 의지와 힘을 품었음에도 간단히 박살나는 모습을 보면서 이창진은 차훈이 신족이라고 판단했다.

초월의 사념을 파괴할 수 있는 존재는 신화 속에 나오는 신족밖에는 없었기 때문이었다.

'일반적인 결계가 아니다.'

에너지를 이용해 만들어진 결계와는 달랐다. 의지를 고스란히 반영한 역장이었다.

사실 신족이 만들어낸 역장 안에 갇히면 죽이기 전에는 빠져나가기를 포기해야 한다. 결계를 형성하는 역장 자체에 신족의 존재를 담보하는 권능이 담겨 있기 때문이다.

'이대로 가면 소멸을 당한다.'

스르르.

결계 정도야 간단히 뚫을 수 있다고 생각했는데 자신이 잘못 판단했음을 직감한 이창진의 모습이 변하기 시작했다.

뒤에서 차훈을 공격했던 존재와 비슷한 모습으로 바뀌었지만 조금 더 선명한 빛을 띠고 있었다.

위이이잉

검은 안개 두 덩어리라 차훈의 주위를 맹렬히 돌았다.

피피피피핏!

검은색의 작은 편린들이 중심에 선 차훈을 향해 쏟아졌다.

의지의 산물로 만들어진 에너지로 걸리는 것은 무엇이든지 꿰뚫어 버리는 위력을 가지고 있는 것이었다.

녹색의 빛이 차훈의 몸을 따라 떠올랐다. 그와 동시에 차훈의 신형도 움직이기 시작했다.

팟!

송곳처럼 자신을 파고드는 흑색의 편린들을 차훈은 요리조리 피하며 몸을 움직였다.

파파파파파팡!

자신의 주먹에 힘을 실어 돌고 있는 정신체들이 그리는 궤적의 중심을 연이어 꿰뚫었다.

"컥!"

"끅!"

비명 소리와 함께 정신체가 풀린 두 사람이 튕겨져 나가 처박혔다.

"네놈들이 가진 에너지의 흐름을 모두 차단했으니 허튼 수작을 하지 말아야 할 것이다."

"크으, 어떻게……."

신음과 함께 차훈을 노려보는 이창진은 자신들이 간단히 제압당한 상황을 도저히 이해할 수 없었다.

"궁금한가 보군."

"어떻게 한 것이냐?"

"네놈들의 에너지 흐름을 모두 차단했을 뿐이다."

"불가능한 일이다. 네놈 말대로 차단을 당했다면 우리가 가진 에너지들이 폭발을 했을 것이다."

믿지 못하는 모양이다. 하기야 초월자를 단 몇 수만에 제압을 했으니 그럴 만도 하다.

"후후후, 그렇기는 하지. 하지만 그 정도도 해결을 하지 못한다면 이렇게 찾아오지도 않겠지. 그나저나 대단하기는 하군. 신체를 개조해 초월의 영역에 진입을 했다니 말이야."

"으음."

신음을 흘리는 것을 보니 내 생각이 맞은 모양이다. 저들은 수련을 통해 성장한 것이 아니라 누 군가에 의해 만들어진 존재가 분명했다.

"루시퍼의 힘을 계승한 후계자가 이 정도까지 성과를 낼 수는 없었을 테고. 후후후. 네놈들 뒤에 있는 존재가 누구냐?"

"무슨 소리냐?"

어느 정도 짐작이 가는 것이 있기에 동요가 일어나는 것을 느끼며 한마디 했다.

"내 짐작이 맞는 것 같군. 반고의 일족이 무엇을 약속했기에 위대한 가우리의 후예가 배신을 한 거지?"

"어, 어떻게……."

"반고의 일족이 유대의 신화 중 하나를 손에 넣었다는 것은 그리 비밀이 아니다. 그것을 이용해서 대륙을 하나로 통일하려 한다는 것도 말이지. 네놈들 손에 농락당한 후계자만 바보일 뿐이지."

치지지지!

말이 끝나기 무섭게 두 놈의 몸에서 스파크가 튀기 시작했다. 검푸른 기류와 함께 놈들의 모습이 변하기 시작했다.

'재미있군. 흑천사라는 건가?'

두 놈의 등에서 흑청광을 뿌리는 네 장의 날개가 등에서 튀어나오고, 막대한 존재감을 뿌려 댔다.

유대 신화에 나오는 천사의 모습을 닮았지만 뿌리는 기운은 음습하고 가라앉은 지옥의 기운이다.

에테르 중 음차원의 기운이 빠르게 응집되고 있는 탓에 공간 왜곡이 흔들릴 정도니 두 놈이 진정한 모습을 드러낸 것이 틀림없었다.

'매영의 힘을 사용할 때로군.'

이면 조직들이 가지고 있는 특별한 비기들은 간간히 사용되어 그 위력이나 힘에 대해 아려지기도 했지만 매영의 비기들은 아니었다.

도깨비 그림자라는 이름의 매영이 가진 비기들은 고대 이후로 사용된 적이 없었기 때문이다.

매영의 수장에게서 배운 비기들은 사실 매우 특별한 권능을 사용하기 위해 만들어진 것이다.

바로 세상에 암울함을 뿌리는 기운을 정화하고 지우기 위한 권능이었다.

에테르가 돌기 시작했다. 심장이 녹색으로 물들고 사지를 따라 칠색의 기운이 흘러 나왔다.

원천의 기운이 분화하여 일곱 세계의 에테르를 흡수하고 변화한 기운들이다.

파파파파팡!

퍼퍼퍼퍽!

잔상을 남기지 않을 정도로 빠르게 공격이 시작했다. 처음 사용하는 것이라 익숙하지 않아 애를 먹었지만 시간이 지나자 두 놈을 상대하는 것은 그다지 어렵지 않았다.

놈들이 발휘하는 힘은 간단한 주먹질 하나로 산 하나를 날려버릴 정도의 위력을 가지고 있었다.

힘겹게 해소하던 힘의 파장을 간단한 손짓 하나만으로 해소하기 시작하자 놈들의 눈빛이 달라졌다. 유형화된 기운들이 급격히 늘고 속도 또한 빨라지고 있었다.

'가지고 있는 근원의 힘을 끌어내 사용하기 시작한 모양이군.'

놈들이 소멸을 각오한 것 같다. 공격을 막아내는데 빠근한 것 같으니 말이다.

그렇지만 그것으로 끝이다. 놈들이 전력을 다하고 있다고는 하지만 나로서는 수련에 지나지 않는 것이니 말이다.

놈들의 힘이 급격히 줄어드는 것이 느껴진다. 어느 정도 기운을 다루는 것이 숙달되었기에 끝낼 때가 된 것 같다.

양손이 붉은색으로 물들었다. 일곱 가지 에테르를 하나로 변화시킨 덕분이었다. 초열의 기운을 간직한 붉은빛이 녹색의 심장에서 흘러나와 어깨를 타고 손가락에 머물렀다.

피피피피피핏!

위험을 느낀 것인지 놈들의 움직임이 급박해졌다.

'그래 봐야 헛짓이다.'

슈숭!

손가락 끝에 몰린 붉은빛이 섬광을 토해냈다. 놈들의 움직임을 따라 붉은빛이 휘어 나갔다.

퍼퍽!

놈들의 이마에 둥근 구멍이 생겼다. 구멍을 따라 붉은 기운이 점점 퍼져 나가며 놈들의 육신을 분해하기 시작했다.

불타 사라지는 재처럼 붉은 기운은 두 놈의 존재를 완전히 소멸시켰다.

"으음."

음차원의 기운이 사방에서 몰려든다. 놈들이 모은 것들과 놈들의 존재를 유지하고 있던 것까지 빠르게 내 몸으로 흡수되고 있다.

— *마스터, 그냥 흡수하셔도 됩니다.*

— *위험하지 않을까?*

— *마스터께서는 밝은 쪽의 기운을 너무 많이 가지고 계십니다. 플러스 차원의 에너지를 과다하게 보유하시고 계셔서 중화하는 차원에서라도 마이너스 차원의 기운을 흡수하시는 것이 좋습니다.*

— *알았다.*

젠의 말을 따르기로 하자 흡수되는 마이너스 차원이 기운의 양이 빠르게 늘었다. 초월자들이 가진 기운이라서 그런지 양이 상당했다.

수용소를 도망쳐 폭포 아래와 지하수로에서 얻었던 수기보다 훨씬 큰 양이었다.

마이너스 차원의 기운을 흡수하는데 걸리는 시간은 그리 길지 않았다. 대략 5분 정도가 지나지 않아 모두 흡수할 수 있었다.

'훨씬 났군.'

젠의 말이 맞았다. 양은 별 변화가 없지만 내가 보유하고 있는 에너지의 질이 바뀌었다. 훨씬 순도가 높고 진해졌다는 것을 바로 알 수 있었다.

— 젠.

— 예, 마스터.

— 하나만 묻지.

— 말씀 하십시오.

— 마이너스 차원의 에너지를 계속해서 흡수해야 하는 건가?

— 균형을 이룰 때까지는 그러셔야 할 겁니다.

— 으음, 알았다. 이제 공간 왜곡을 풀고 처제들을 데리고 가야겠다.

— 알겠습니다. 그리고 마스터가 전투를 하고 계실 동안 스캔을 모두 마칠 수 있었습니다.

— 이상이 있는 건가?

— 심층 의식을 바꾸는 세뇌 작업이 있었던 것으로 보입니다.

— 곤란하군.

— 그리 염려하지 않으셔도 될 것 같습니다.

— 풀 수 있는 방법이라도 있나?

— 방금 마스터께서 처리하신 존재들이 세뇌 작업을 주관한 것 같습니다. 마이너스 차원의 기운을 활용한 것으로 보이니 마스터께서 의식에 잠재해 있는 에너지를 거두어들인다면 세뇌를

풀 수 있을 것 같습니다.

— 부작용은?

— 마스터께서 알고 계시는 정신 마법이라면 부작용을 없앨 수 있을 겁니다.

— 알았다. 왜곡된 것을 돌려놔.

— 예, 마스터.

공간 왜곡을 풀었지만 결계는 풀지 않았다. 처제들을 구하는 과정을 다른 이의 이목에 걸리지 않기 위해서다.

처제들뿐만이 아니다. 이곳 영재 학교에 머물고 있는 이들도 구할 것이다

여기에 머물고 있는 이들은 하나 같이 인재들이다.

흑운에 의해 철저하게 선별된 아이들은 세뇌된 것만 해지한다면 큰 힘이 될 수 있을 것이다.

— 젠, 일단 처제들을 보도록 하지.

— 예, 마스터.

처제들이 있는 방으로 갔다.

'누가 될지는 모르지만 데려가는 놈들은 대박이겠군.'

침대에 누워 잠을 자고 있는 처제들은 연미 못지않게 아름다웠다.

— 젠, 지금부터 놈들이 심어놓은 것들을 거두어들일 테니 네가 정신 마법을 이용해 세뇌를 풀어라.

— 알겠습니다.

처제들의 이마에 손을 올리고 놈들이 의식 속에 심어 놓은 마이너스 차원의 에너지를 거두어들였다. 젠 또한 곧바로 세뇌를 풀고는 정신 마법을 걸어 처제들의 의식을 안정시켰다.

― *확실히 흑운이로군.*

― *그런 것 같습니다. 시간상으로 봤을 때 사전에 준비를 하고 있었을 확률이 높습니다.*

처제들의 세뇌를 푸는 동안 결계 바깥쪽에 상당한 기운이 밀집하는 것을 느낄 수 있었다.

얼마 전에 소멸시킨 두 존재에 버금가는 존재들이 포위망을 구축하는 것도 느껴졌다.

― *네 말이 맞는 것 같다. 아이들의 세뇌를 풀 때까지 결계가 버틸 수 있을까?*

― *세뇌하는 로직을 확인했으니 시간상으로 충분합니다.*

― *이동시킬 준비는?*

― *매스 텔레포트는 어려울 것 같습니다.*

― *놈들이 펼친 공간 왜곡 때문인가?*

― *그렇습니다.*

― *결계 중심에 설치한 게이트를 이용하는 것은?*

― *가능합니다.*

결계에 게이트를 설치한 것은 사전에 젠과 의논한 사항이었다. 지금과 같은 사태를 예상해서였다.

나를 잡기 위해 공간 왜곡장이 펼쳐지면 지구상의 공간을 도약하는 것은 어렵겠지만 다른 차원의 세계로 가는 것은 아주 쉽기 때문이었다.

게이트를 통해 아이들과 처제들을 보내려고 하는 곳은 브리턴이다.

게이트를 열고 아주 오래 전에 하탄이 마련해 놓은 브리턴의 안전지대로 보낸 후 다시 지구로 귀환시키면 되는 것이다.

장인어른과 장모님께 자신한 것도 이 때문이다.

— *아이들의 세뇌를 빨리 풀 수 있는 방법은 없나?*

— *세뇌의 깊이가 차이가 있는 만큼 마스터께서 가지신 권능의 사용을 허락해 주시면 십 분이면 충분합니다.*

— *그렇게 하도록 해.*

— *그럼 연결을 시도하겠습니다.*

젠이 아이들과 내 정신을 일치시켰다. 심층 의식 속에 심어져 있는 마이너스 차원의 에너지는 처제들에 비해 아주 작았다.

의지를 일으켜 마이너스 차원의 에너지를 흡수하자 젠이 아이들의 세뇌를 풀고 정신 마법을 걸었다.

— *마스터, 전부 끝났습니다.*

— *그럼 게이트를 열고 아이들을 이동시켜.*

— *예, 마스터.*

결계의 중심에 게이트가 열렸다. 브리턴 특유의 에테르가 결계 안에 회오리치며 흘러나왔다.

하나둘, 처제와 아이들의 존재감이 지구에서 사라졌다.

― *끝났습니다.*

― *에테르 파장이 다른데 위험성은 없겠지?*

― *흑운이 심혈을 기울인 탓에 어떤 세계의 파장도 받아들일 수 있도록 다들 신체가 변한 상태입니다. 지구로 귀환하기 까지 별다른 일이 없을뿐더러 어쩌면 에테르를 축적할 수 있는 능력을 얻을 수도 있을 것 같습니다.*

― *다행이로군. 이제 준비가 끝난 거 같으니 결계를 해제하도록 해.*

― *조심하십시오, 마스터.*

결계를 해제하자 수많은 존재들이 학교 주변을 둘러싸고 있는 것이 보였다.

결계 안에서 마주했던 두 놈처럼 흑청색으로 빛나는 두 쌍의 날개를 가진 놈들은 강렬한 투기를 발산하고 있었다.

'후후, 원 없이 싸워볼 수 있겠군.'

피가 끓어올랐다.

결계 안에서 매영의 비기를 이용해 싸우면서 어느 정도 숙달이 된 상태다. 나를 둘러싸고 있는 모두 98명에 이르는 존재들이 완숙에 이르기 위한 충분한 경험을 제공할 터였다.

파앙!

지면을 박차고 허공에 맴도는 놈들을 향해 신형을 날렸다.

— 그물에 놈이 들어왔습니다.

"정체는 파악이 됐나?"

— 김소정은 아닌 것 같습니다.

"다행이 추상철이 배신자는 아니로군."

— 후계자인 김윤일도 알아차리지 못했는데 추상철이라고 알 수 있을 리 없습니다.

"방심하지 마라. 우리가 뒤에 있다는 것이 절대로 알려져서는 안 되니 말이다."

— 이번 일에 동원된 자들이 흘리는 파장이 혼란을 줄 테니 은 흔적을 찾을 수는 없을 겁니다.

"그럴 테지. 화면은 준비가 됐나?"

— 결계가 열리면 놈의 모습이 보일 겁니다. 하지만 모습을 보일지 의문입니다.

"하긴 설사 신족이라 할지라도 초월에 이른 두 명을 상대한다는 것이 쉬운 일은 아니니 말이야."

— 설치된 결계로 볼 때 그리 호락호락한 자는 아닐 것 같으니 기대하셔도 좋을 듯합니다.

"결계가 유지되는 것을 보면 모습을 볼 수도 있겠군."

— 이제 결계가 해제되는 것 같습니다. 곧바로 영상을 송출하겠습니다.

"기대하지."

북경의 심처에서 수하의 보고를 헌원호는 상황실 전면에 설치된 대형 스크린으로 시선을 돌렸다.

결계가 사라지자 김윤일을 지원하기 위해 붙여준 흑운이 만든 영재 학교의 전경이 화면에 가득 들어왔다.

뒤이어 화면이 급격히 가까워지더니 학교를 두루 살펴보았지만, 인적이라고는 하나도 보이지 않았다.

그러다가 무심히 상공을 바라보고 있는 차훈의 모습이 나타났다.

'저놈인가? 얼굴을 기운으로 가린 모양이군.'

전체적인 모습은 확인이 가능했지만 유독 얼굴 부분만은 모자이크가 된 것처럼 흐릿했다. 능력을 사용해 인식을 방해하는 것이 분명했다.

'으음, 부상당한 곳이 없어 보이는군.'

초월자 둘을 상대했을 텐데 다친 곳이 하나도 보이지 않았다. 심지어는 입고 있는 옷마저 아주 깨끗했다.

'사라졌다.'

화면에서 차훈의 모습이 사라졌다.

초고속 카메라로 영상을 잡고 있음에도 되풀이 되는 영상이 없을 정도로 화면에 모습이 보이지 않았다.

"뭐야!!"

갑자기 건물들과 흑운들이 사라지고 화면이 형형색색의 빛으로 물들었다.

"영상을 확인해라."

칠색의 빛이 점멸하며 화면을 가득 채운 상태가 지속되자 헌원호가 소리를 질렀다.

통제 요원이 기기를 조작하며 화면에 영상을 띄워보려 노력했지만 나타나는 것은 온통 빛뿐이었다.

"총수님, 영상은 정상입니다."

"저게 정상이라고?"

"그렇습니다."

통제 요원은 기기가 나타내는 신호대로 대답을 할 수밖에 없었다. 요원의 말대로 정상이었기 때문이었다.

"황하일호 대답하라!"

— …….

방금 전 보고를 해왔던 황하일호를 호출했지만 헤드셋에서는 아무런 소리도 들려오지 않았다.

"황하일호!!"

소리를 높여 불러도 마찬가지였다.

다시 기기를 조작해 채널을 돌린 후 황하일호를 호출하려던 헌원호는 화면이 변하는 것을 보고는 행동을 멈췄다.

그동안 공들여 키운 흑운들의 모습이 하나도 보이지 않았다. 치열한 전투가 벌어진 듯 학교는 폐허가 되어 있었다.

"황하일호! 황하일호!"

초월자인 황하일호를 계속해서 호출했지만 대답이 들려오지 않았다.

"인공위성으로 화면을 확보해라."

"총사님, 인공위성이 제어되지 않습니다!"

"무슨 말이냐?"

"통제 권한을 잃은 것 같습니다."

"마법과 진으로 방어되고 있는 위성이 통제를 잃다니 무슨 말이냐?"

서방세계와 러시아의 이면 조직의 능력자들을 대비해 각종 능력이 사용된 보안장치로 도배가 되어 있는 위성이 통제 불능에 놓였다는 소리에 헌원호가 버럭 화를 냈다.

"어떻게 된 영문인지 전혀 모르겠습니다."

"용족을 투입한다. 저곳에서 무슨 일이 일어났는지 반드시 밝혀내라."

헌원호는 반고 일족의 강력한 전투 조직 중 하나인 용족을 투입하기로 결정을 했다.

인간이기를 거부하고 오로지 전투에 특화된 용족은 신화의 권능을 이어받은 신족과 비견될만한 전투력을 지녔기에 파견을 결정한 것이었다.

'자칫 잘 조율되던 루시퍼가 폭주라도 일으키게 되면 만사휴의다.'

북조선의 후계자인 김윤일에게 루시퍼가 가진 힘을 넘겼다. 그것만이 아니라 그동안 비밀리에 준비한 현대전 전력도 아낌

없이 투입했다.

모두가 한반도를 집어삼키고 태평양 건너에 있는 미국을 침몰시키기 위해서다.

하지만 루시퍼의 권능이 김윤일을 집어삼키고 폭주를 일으킨다면 반고의 터전인 북경부터 걱정을 해야 할 판이다.

어디로 튈지 모르는 김윤일의 성격에 루시퍼의 폭주라면 가장 가까운 반고 일족부터 치려고 들 것이기 때문이다.

제5 장

가지고 있는 에너지의 1할을 사용했다.

그것만으로도 포위하고 있는 놈들을 처리하는 데는 아무런 문제가 없었다.

손을 대는 족족 터져 나가며 완전히 소멸하는 흑운을 보면서 내가 가지고 있는 힘의 크기를 실감할 수 있었다.

초월자는 아니지만 그에 근접한 100명에 가까운 자들을 처리하는데 불과 1분도 걸리지 않았으니 말이다.

지켜보는 눈은 공격을 개시하자마자 망가트렸다. 우주 상공에서 움직이는 인공위성도 젠이 통제해 버려 정체를 들키지 않고 전부 처리할 수 있어 다행이다.

그렇게 정리를 한 후 곧바로 공간 이동을 해 연미의 집으로 돌아왔다.

"어떻게 됐나?"

연미의 방 밖에서 내가오기를 기다리던 장모님이 나를 보자마자 물었다.

"처제들은 무사합니다. 조만간 볼 수 있을 겁니다."

"고맙네, 사위."

처제들의 모습이 보이지 않음에도 장모님은 안도하는 눈치였다. 그만큼 날 믿어주는 것 같아 기분이 좋았다.

"자네가 떠나 있는 동안 강신이라는 분이 일행과 함께 찾아왔네."

집에 쳐져 있는 결계를 넘나들 수 있는 이들 중에 아저씨들의 파장도 추가 시켜놓았더니 찾아온 모양이었다.

"일을 전부 끝내신 모양이군요."

"그렇다고 들었네."

"가시죠."

장모님과 함께 거실로 나가니 아저씨들이 환한 웃음으로 나를 맞았다.

"다 끝났다. 이제 떠나기만 하면 된다."

"고생하셨습니다. 곧장 떠나는 것으로 하겠습니다."

"이동하는 곳이 미국이라고 들었는데 괜찮은 거냐?"

"걱정하지 마십시오."

"그래, 가자."

"연화와 연정이는 어떻게 됐나?"

강신 아저씨 말이 끝나자마자 장인어른이 나를 보며 물었다.

"미국에 가시게 되면 만날 수 있을 겁니다."

"알았네."

장모님과 마찬가지로 장인어른도 내말에 반문을 제기하지 않았다.

"그럼 다들 제 몸에 손을 대십시오."

거실 안에 있던 분들이 모두 내 몸에 손을 댔다.

팟!

젠의 도움을 받아 매스 텔레포트가 시전 되었다.

우리가 이동한 곳은 옐로스톤 국립공원이었다.

탱크 일행이 브리턴으로 넘어왔던 세계와 연결된 게이트가 열렸던 바로 그곳이었다.

— 대규모 이동이 감지됐습니다.

"이동 경로는?"

— 한반도에서 옐로스톤까지 단번에 이동한 것으로 보이는 파장입니다.

"사실인가?"

— *확실합니다.*

골든 게이트의 종합 상황실에서 전해온 보고를 확인한 케인은 곧바로 자리에서 일어나 밀실로 향했다.

밀실로 향하는 케인의 얼굴은 무척이나 심각했다.

한반도에서 단숨에 미국으로 대규모의 인원을 이끌고 이동할 수 있는 능력을 지닌 존재는 신족이라 부리는 신화 속의 존재들밖에는 없었기 때문이다.

골든 게이트의 연구실에서 한참을 내려간 곳에 위치한 밀실은 오직 다섯 명 만이 들어갈 수 있는 곳이었다.

골든 게이트의 창립자이자 오랜 세월 막후에서 세상을 지배해 온 존재들과 케인뿐이었다.

밀실을 열고 들어가자 네 사람을 볼 수 있었다.

케인의 눈에 들어온 것은 인간의 범위를 아득히 뛰어 넘어 초월의 경지를 지나 신격을 얻은 존재들이었다.

바로 미국의 국방부 장관인 도널드 마시, 군산복합체를 이끌고 있는 맥클레인 앤트, 에너지 기업들을 조종하고 있는 마이드 호네, 미디어를 지배하고 있는 헬렌 라보드였다.

"무슨 일인가요?"

헬렌이 다급히 들어오는 케인을 향해 말했다.

"한반도에서 신족들이 미국으로 건너온 것 같습니다."

"그게 무슨 소리죠? 한반도에서 신족들이 미국으로 오다니요?"

"말씀드린 그대로입니다. 상황실에 나타난 계측을 분석한 결과 신족급의 능력자들이 한반도에서 옐로스톤으로 이동한 것으로 파악이 됐습니다."

골든 게이트의 대표인 의장이라는 직책이 무색하게 케인은 고개를 조아리며 헬렌의 반문에 대답했다.

"옐로스톤이라면 테라 나인의 수장들이 다른 차원으로 넘어갔던 게이트가 있는 곳이군요."

"그렇습니다."

"으음, 아무래도 그냥 넘어가서는 안 되겠군요. 신족급의 능력자가 출현한 것도 그렇고, 하필이면 그곳이라니……."

헬렌의 표정이 굳어졌다. 차원의 균형이 비틀리며 생겨난 게이트로 의문의 존재들이 이동했다. 어떤 권능을 가지고 있는지는 모르지만 새로운 변수가 될 가능성이 높았다.

"내가 확인을 해보겠소."

헬렌의 얼굴에 나타난 우려에 앞으로 나선 것은 맥클레인이었다.

"당신이요?"

"이번에 완성한 것들을 시험해 볼 겸, 놈들의 정체가 무엇인지 알아보도록 하겠소."

헬렌이 고개를 끄덕였다.

군산복합체의 막후를 지배하며 현대전에 쓰이는 무기뿐만 아니라 능력자들이 사용하는 아티팩트의 개발에도 심혈을 기울인 맥클렌인이다.

맥클레인이 이끄는 마법사 집단이 새롭게 개발한 아티팩트들은 가히 전술 핵에 버금가는 위력을 가졌다.

더군다나 맥클레인 본인의 권능 또한 상당한 것이라 자원한다니 더 이상 좋은 대안이 없었다.

"그래요. 당신이라면 충분할 거예요. 그렇지만 잃어버린 신화들의 주인일 수도 있으니 조심하도록 해요. 어렵게 만들어낸 것들이 파괴될 수도 있으니 말이죠."

"알겠소."

맥클레인은 대답과 동시에 눈을 감았다. 본체는 아직 이곳에 있지만 영혼만 이동한 것이다. 정신체인 맥클레인의 영혼은 그의 근거지로 이동해 있을 것이고 아티팩트를 이용해 신족급의 존재들을 살필 터였다.

"큰일이군요. 러시아의 일도 실패로 돌아갔고, 이런 일까지 생기다니 말이죠."

블리자드로 대표되는 러시아의 전력은 오랜 옛날부터 상당했다. 세계가 연결되기 시작한 후 가장 먼저 움직임 탓에 막강한 세력을 구축했다.

시베리아의 비밀 연구소에서 새롭게 연구되고 있는 것들에 대한 정보를 얻은 후 기습을 감행했다.

러시아를 더욱 강력하게 만들어 줄 가능성이 높기도 했지만 탐이 나기도 했기 때문이다.

그러나 결과는 실패였다. 시선을 다른 이면 조직에게 돌리기는 했지만 얻은 것이 하나도 없기에 실패한 작전이었다.

"러시아뿐만이 아니요. 중국의 움직임도 심상치 않소."

"중국이 심상치 않다는 건 무슨 말이죠?"

국방부뿐만 아니라 미국의 정보 조직을 한 손에 움켜쥐고 있는 도널드다. 그의 말이 허튼 소리일 리 없었다.

러시아의 실패에 이어 중국의 움직임마저 심상치 않다는 도널드의 말에 헬렌의 얼굴이 찡그러졌다.

"무림맹이 아니라 그들의 막후가 움직이는 것 같소."

"막후라면 한반도에서 수작질을 하는 그들 말인가요?"

"그렇소. 반고 일족이 움직이고 있소."

"으음."

헬렌도 무림맹의 막후에 대해 알고 있었다.

중국 대륙을 좌지우지하는 신화 속의 존재인 반고의 힘을 이어 받은 존재들이다.

식민 시대가 시작된 후 중국을 침탈하는 과정에서 헬렌의 일족이 한 번 부딪쳤었는데 승리하기는 했지만 상당한 출혈을 감수해야 했을 만큼 강력한 자들이었다.

반고 일족은 가지고 있는 권능도 만만치 않지만 신수와 괴수를 수족처럼 다루며, 도술이라 불리는 이술에 능통한 자들이었기 때문이다.

"한반도에서 미국으로 건너온 자들이 신족급의 인물들이라면 반드시 그들과 관련이 있을 거요."

도널드는 확신하듯 헬렌을 다시 주시하며 말했다.

"으음, 점점 더 골치가 아파지는군요. 블리자드의 늙은 괴물도 움직이기 시작한 마당에 권능에 버금가는 이술을 사용하는 반고 일족도 꿈틀대니 말이죠."

"내 생각이지만 아무래도 차원 간에 균형이 틀어진 것이 원인이 아닐까 싶소."

"그럴 가능성이 제일 농후하죠. 하지만……."

시베리아에서 일어난 대폭발 후 차원에 금이 갔다. 한두 개도 아니고 여러 개의 차원에 균열이 간 후 많은 이면 조직들이 힘을 얻었다. 차원의 균열을 통해 흘러나오기 시작한 에테르 때문이다.

하지만 온전히 권능을 회복하기에는 문제가 있었다. 에테르의 양이 생각보다 많지 않았기 때문이다.

그런데 이번에 새롭게 균열이 커지며 막대한 양의 에테르가 흘러나오기 시작했다. 시베리아 대폭발 이후 균열인 게이트와 스팟을 선점한 이들이 힘을 얻었듯이 이번에도 마찬가지다.

먼저 얻는 자가 힘을 얻는 상황이니 누구라도 움직일 것이 빤했다.

완전히 닫히지는 않지만 복원력에 의해 차원의 틈새가 작아지기 전에 선점해야 하는 상황이다.

먼저 움직여야 하는 것은 맞았다. 그렇지만 문제가 있었기에 헬렌은 이해가 되지 않았다.

“안정화 문제가 해결이 되지 않았을 텐데 그들이 움직이는 것이 이해가 되지 않아요.”

“그렇기는 하오. 권능에 속하는 능력을 지닌 자는 생성된 균열이 안정되기 전에는 직접 접근하기 힘든데 왜 벌써 움직이는지 나 또한 궁금하기 그지없소.”

차원의 균열인 게이트가 처음 생성되면서 나오는 에테르 폭풍이 권능에 영향을 준다.

잘못하면 권능 자체를 잃어버릴 수 있다. 신격을 지니게 된 신족급의 인사들도 안정되지 않은 게이트에는 직접 접근할 수 없는 것이다.

자신들이 사냥개라 부르는 테라 나인 같은 존재들이 필요한 이유는 이 때문이었다.

에테르 축적을 하지는 못하지만 사용할 줄 아는 자들을 이용해 안정화가 될 때까지 게이트를 선점하고 그 너머의 세계를 살펴야 했던 것이다.

그렇지만 이제는 그것도 불가능해졌다.

사냥개들이 족쇄를 풀고 독립하더니 자신들만의 세를 불리기 시작한 것이다.

당장이라도 움직여 전부 소멸을 시키고 싶지만 그럴 수도 없는 상황이다.

세계 곳곳에서 새롭게 나타난 균열들에서 흘러나오는 에테르 폭풍 때문이다.

각기 다른 에테르가 퍼진 영향으로 인해 지구 자체가 불안정한 상황이다.

권능을 오롯이 쓸 수 없는 상황일뿐더러, 자칫하면 잃을 수도 있는 일이기에 안정화될 때까지 분을 삼키고 기다려야 하는 것이다.

"놈들도 뭔가 방법이 있어서 그럴 확률이 높아요. 놈들이 이런 상황에서 움직일 수 있는 방법이 뭔지 파악하고 있으니까 조만간 알아낼 수 있을 거예요."

"당신이 나섰으니 조만간 밝혀낼 것이라고 믿소. 하지만 너무 늦지 않았으면 좋겠소. 자칫 기회를 놓칠 수도 있으니 말이오."

"걱정하지 말아요. 대충은 짐작이 가는 정황을 포착했으니 머지않아 알아낼 수 있을 거예요."

헬렌이 자신하듯 대답을 하자 도널드와 마이드가 고개를 끄덕였다. 미디어를 지배하는 헬렌이라면 자신들이 원하는 정보를 빠른 시간 안에 얻을 수 있을 것이라 생각한 것이다.

"그나저나 그곳은 어떻소?"

옐로스톤이 미국 내에 있어 먼저 발견하기는 했지만 변화의 추이를 살펴야 하는 까닭에 마이드가 헬렌을 향해 물었다.

"테라 나인을 따라 나서지 않은 이들이 지키고 있어 별다른 문제는 없어요."

"테라 나인이 그냥 두지 않았을 텐데 이상한 일이군."

"놈들도 우리와 마찬가지에요. 에테르를 축적하기 시작한 이상 게이트 너머에서 불어오는 에테르 폭풍에 영향을 받지 않을 수 없으니 말이죠."

마이드의 의문에 헬렌이 대답을 했다.

"그건 다행인 것 같소. 자칫 개들에게 빼앗겼다간 수치나 다름없으니 말이오. 그런데 안정될 기미는 보이지 않소?"

"아직까지 특별한 변화는 없어요. 시간이 지나야 하는 일이니 최소한 삼 년은 지나야 할 거예요."

"시베리아 폭발 당시 안정화되기까지 십여 일 정도밖에는 걸리지 않았는데 삼 년이나 기다려야 한다는 말이오?"

"그때와는 상황이 달라요. 이번에 발생한 차원의 균열로 생성된 스팟이나 게이트들은 최소 삼십 배, 최대 백 배나 커요. 삼 년도 최소한으로 잡은 수치에요."

"알았소."

"우리가 이곳이나 근거지에서 벗어나지 못하는 시간이 길어지면 자칫 헤게모니를 놓칠 수 있지만 맥클레인이 있어 다행이에요. 그가 가지고 있는 아티팩트라면 삼 년의 시간이 흐를 지라도 주도권을 놓치지 않을 수 있을 테니 말이죠."

"맥클레인이 가진 힘이라면 그렇겠군. 그나저나 맥클레인이 알아낼 수 있을 것 같소?"

"충분해요."

헬렌이 단호하게 대답을 했다.

이번에 맥클레인이 자신의 근거지로 돌아가 아티팩트를 사용하려는 이유는 두 가지다.

완성한 아티팩트의 성능을 시험함과 동시에 에테르 폭풍이 몰아닥친 지구에서 마음대로 움직이고 있는 신족급의 존재들이 에테르를 사용하는 방법이었다.

신격을 얻어 권능을 가진 존재들은 대부분 결계가 쳐진 자신들의 근거지나 일족의 기반이 되는 곳에서 움직이지 않고 있는 상황이다.

영혼의 이동은 가능하지만 그것도 제한적이고, 권능을 제대로 쓸 수는 없기에 안정화되기만을 기다리고 있는 것이다.

대규모 텔레포트를 통해 공간 이동을 할 정도라면 에테르 폭풍의 영향을 벗어나는 방법을 알고 있다는 뜻이다.

맥클레인이 영혼을 이동시킨 것도 그 방법을 알기 위해서다. 헬렌이 블리자드나 반고의 일족에게서 알아내려는 것도 바로 그것이었다.

"잘 하면 이번에 에테르 폭풍의 영향을 벗어나는 방법을 알 수도 있을 같은데, 당신은 어떻게 생각하오."

"이런 상황에서 대규모 텔레포트를 감행한 존재들이에요. 권능을 온전히 사용할 수 있다는 뜻이나 마찬가지죠. 권능에 제한이 걸리지 않는 존재들인 만큼 맥클레인이 완성한 아티팩트들이 성능이 아무리 뛰어나도 알아내기는 쉽지 않을 거예요."

"그럴 확률이 높을 것 같소. 그나마 당신이 알아낼 수가 있다니 다행이오. 그나저나 그곳은 어떻소. 항상 복귀를 꿈꾸는 자들인데 말이오."

"지구의 복귀를 꿈꾸고 있는 것도 여전한 상황이에요. 그쪽 세계에서 우리보다 자유롭기는 하지만 게이트를 넘기는 아직 어려울 거예요.."

"무슨 말인지 알겠소."

브리턴에 있는 자들은 지구로의 복귀를 꿈꾸고 있지만 아직은 상이한 에테르에 적응하지 못했다는 뜻이기에 마이드도 이해를 했다.

"무슨 말인지 이해가 되기는 했지만, 위에 있는 게이트와 연결이 됐는지는 확인이 된 거요?"

이번에는 도널드가 물었다. 브리턴과 직접 연결된 게이트가 발생했다면 안심할 수 없는 상황이었기 때문이다.

"아직이에요. 생활양식이나 문명이 비슷한 것은 맞지만 그곳인지는 확인이 되지 않고 있어요. 그리고 우리가 보유하고 있는 게이트만 확인한다고 해서 끝이 아니에요. 다른 존재들이 보유하고 있는 게이트들도 확인이 되어야 하니까요."

"그럼 준비를 해야 하지 않소. 그들이 가진 복수심이 만만치 않을 테니 말이오."

"이미 준비를 끝났어요. 그들을 브리턴으로 보낼 때부터 준비해온 것이니까요. 그리고 최악의 경우라도 우리와 마찬가지로 삼 년 정도는 시간이 있어요. 그들도 세계의 에테르가 안정화되고 적응을 해야 할 테니까요."

"알았소. 하지만 그들이 감추고 있는 것이 있을 수도 있으니 준비를 더 해야 할 것 같소. 이번에 일어난 균열은 전과는 완전히 다르니 말이오."

"그래야 할 것 같아요. 맥클레인도 준비한 것을 꺼냈으니 나 또한 그렇게 할 거예요. 당신들도 더 이상 감추는 것이 없어야 해요. 우리가 생존한 뒤에야 원하는 것을 얻을 수 있을 테니까 말이죠."

"알았소. 내 이름을 걸겠소."

"그렇게 하겠소. 언령의 이름으로 약속하오."

조금은 냉기서린 헬렌의 말에 두 사람이 대답을 했다.

존재와 언령으로 약속을 한 이상 지켜질 것이기에 헬렌의 눈빛이 풀어졌다.

스팟!

옐로스톤 국립공원의 핫 스프링스 지역에 공간의 균열이 생겼다. 주변에 몰아닥치는 에테르의 폭풍에도 불구하고 열린 공간은 무척이나 선명했다.

매드는 잠복지에서 신형을 꺼낸 후 조심스럽게 공간의 균열을 살폈다.

옐로스톤은 지금 극심한 변화를 겪고 있는 상황이다.

이제는 독립한 테라 나인이 게이트를 탐색하고 나온 뒤부터 발생한 변화로 인해 공간 이동이 자유롭지 않은 상황에서 발생한 현상이라 의심이 가지 않을 수 없었다.

'틀림없는 것 같으니 보고부터 하자.'

매드는 잠복지로 다시 신형을 들이민 뒤 통신을 열었다.

"여기는 알파!"

— 무슨 일인가?

"게이트 근처에서 매스 텔레포트가 발생한 것 같습니다."

— 무슨 헛소리야?

"사실입니다. 공간 균열이 생겼는데 너무 선명합니다."

— 상부에 보고할 테니 들키지 않게 감시해라. 지침을 받은 후 곧 연락을 하겠다.

"알겠습니다."

통신을 마친 매드는 다시 잠복지에서 나와 공간의 균열을 살폈다.

'분명히 매스 텔레포트를 위한 공간 균열이다. 그런데 사람이 왜 나오지 않지? 혹시나 에테르 폭풍 때문인가?'

에테르 폭풍은 공간의 좌표를 흔들리게 만든다. 더군다나 신체에 축적된 에테르에도 영향을 주기에 능력을 사용하기 곤란하게 만든다.

공간이 열렸지만 이로 인해 아직 나서지 않고 있다는 판단이 들었다.

'나오는구나.'

의혹은 잠깐이었다. 공간의 틈새 사이를 따라 사람들이 걸어 나오고 있었다. 바로 차훈 일행이었다.

매드는 곧바로 잠복지로 들어와 통신을 열고는 상황을 보고했다.

"이동한 자들이 있다."

— …….

"듣고 있나?"

아무런 소리도 흘리지 않는 통신기를 향해 물었지만 들려오는 대답은 없었다.

"본부, 여기는 알파!"

— …….

'젠장! 통신망이 차단당했다.'

방금 전까지만 해도 원활했던 통신이 망가진 이유는 하나밖에 없었다. 누군가 차단을 하기 전까지는 절대 끊어지지 않을 통신망이었으니 말이다.

'분명히 공간을 열고 나온 자들 중 하나다. 이대로 있으면 안 된다.'

보고할 길이 막힌 이상 상황을 확인해야 했기에 매드는 다시 잠복지를 나섰다.

상당한 인원이 공간 균열을 통해 나오고 있었기에 한 명 한 명 시선을 두며 모습을 기억했다.

자신의 기억에 저장된 모습을 능력자를 통해 충분히 되살려 낼 수 있기에 임무에 충실한 매드였다.

한 명 한 명 모습을 기억하던 매드가 마지막으로 걸어 나오는 사람의 모습을 확인했을 때였다.

'뭐지?'

매드의 시력은 10.0에 가깝다. 선천적으로 가지고 있는 능력으로 에테르의 영향을 받지 않기에 잠복지 근무자로 선택이 되었다.

공간이 열린 곳과는 대략 1킬로미터의 거리다. 거기다 온통 위장이 되어 있는 상태다. 자신은 볼 수 있지만 상대는 볼 수 없다고 생각했는데 시선이 마주치다니 이상한 일이었다.

'아니야, 그럴 리가 없다.'

부정을 했지만 놀라운 시력으로 인해 스나이퍼로 활동했던 매드는 자신의 느낌이 틀리지 않았음을 확인할 수 있었다.

마지막으로 나온 인물이 자신이 있는 쪽을 향해 고개를 돌린 후 쳐다보고 있었기 때문이다.

화악!

다시 한 번 시선이 마주쳤다고 느끼는 순간, 머릿속에 섬광이 번졌다. 그리고는 이내 의식이 사라졌다.

'됐군.'

통신을 받은 자도 처리를 했고, 이미지를 기억하려는 자도 처리를 마쳤다.

연락 체계를 망가트렸고, 우리 모습을 본 자의 기억 자체를 소멸시켰으니 쉽게 정체가 드러나지 않을 터였다.

'그나저나 잘못하면 미국의 절반이 날아가겠군. 게이트가 열려 화맥을 누르는 것이 오히려 다행인 건가?'

옐로스톤은 불의 대지다. 애초부터 지하에 엄청난 화맥이 감자고 있다. 그 화맥의 영향으로 기기묘묘한 공원 지형이 형성되었고 사람들이 많이 찾는 지역이 되었다.

그렇지만 슈퍼 화산이 될 가능성이 높은 지역이다. 항상 위험을 간직하고 있는 지역이라는 뜻이다.

이런 곳에 게이트가 열린 만큼 에테르 폭풍으로 인한 영향이 간단할 리 없었다.

탱크 일행이 게이트에서 나오고 난 뒤 에테르가 빠져 나오기 시작했을 테니 자극이 없을 수가 없다. 시간이 지날수록 지하에 있는 화맥이 자극을 받아 꿈틀거리며 폭발의 전조를 보이고 있을 것이다. 에테르가 촉매의 역할을 했으니 말이다.

하지만 아무도 알아차린 이가 없는 것 같다. 재미있게도 게이트가 열린 후 터져 나온 에테르 폭풍이 화맥을 자극하기도 했지만 엄청난 양이라 화맥의 기운을 누르고 있었던 탓이다.

'나조차도 겨우 느끼는 것이니 알 수는 없었을 것이다. 안정화되면 곧바로 폭발을 하겠군.'

게이트가 안정화되기 시작하면 급격히 폭발의 전조들이 나타날 것이다.

사실 안정화가 끝나기도 전에 폭발이 일어날 가능성이 높다, 균형추가 무너질 경우 한꺼번에 쏠리는 것이 자연의 섭리이니 말이다.

'저들뿐만이 아닐 텐데…….'

골든 게이트에서 나온 자들 말고 게이트를 감시하는 자들이 또 있을 것이다. 테라 나인이라면 게이트의 중요성을 누구보다 잘 알 테니 말이다.

'역시 있군.'

기감을 통해 제압한 자보다 훨씬 멀리 떨어진 곳에서 감시하고 있는 자들을 발견했다. 에테르를 이용해 자신의 모습을 감추고 있는 자였다.

사용된 에테르의 흔적을 보니 자신이 탱크 일행에게 가르쳐 준 것과 유사한 형태다. 에테르가 불안정한 상황에서도 능력을 쓸 수 있게 만들어준 운용법이 틀림없었다.

'탱크 일행이 보낸 자도 있지만 다른 자가 보낸 것도 와 있었군. 인간형 골렘이라…….'

기감에 잡힌 것은 탱크 일행이 보낸 것으로 보이는 자뿐만이 아니었다. 생기는 없지만 엄청난 마나를 보유하고 있는 존재도 있었다.

— 적어도 에고를 가지고 있을 확률이 높군, 젠.

— 그런 것 같습니다, 마스터. 인간 형태의 골렘에다가 에고까지 가지고 있다면 적어도 나인 서클의 실력자가 보낸 것이 틀림없는 것 같습니다.

— 현대적인 기술은 일체 쓰이지 않고 마법적인 요소만 가지고 있는 것을 보면 네 말이 맞는 것 같다.

— 어떻게 합니까?

— 재미있는 놈 같은데 연결을 끊을 수 있겠나?

— 잘 하면 조정하는 자의 연결을 끊을 것도 같습니다.

— 조심하도록 해. 이 상황에서 저 정도의 아티팩트를 사용하는 것을 보면 신성을 가진 존재가 움직였을 가능성이 크니까 말이야.

젠은 아직 알려져서는 안 되는 존재다.

신성을 가진 존재라면 아티팩트와의 연결이 끊어지는 순간 일말이나마 젠의 존재에 대해 알아차릴 가능성이 높았다.

고작 인간형 골렘 하나를 얻기 위해 젠이 들키는 상황을 맞이하고 싶지는 않다.

— 걱정하지 마십시오. 방금 전에 마스터께서 제압하신 자를 이용하면 됩니다.

— 마리오네트로 만들 생각인가?

— 예, 마스터. 선천적인 능력을 감안할 때 꽤나 훌륭한 전사가 될 것 같습니다.

— 카르마가 상당한 것을 보면 그렇기는 하겠지만 인간이라 좀 그렇군.

— 명령이라지만 저격으로 사람을 수도 없이 죽인 자입니다. 쌓아 놓은 카르마가 높은 만큼 대가를 치르는 것이니 연민을 갖지 않으셔도 됩니다.

— 알겠다. 놈을 이용해 골렘의 연결을 끊도록 해라.

— 예, 마스터.

어차피 지금부터는 전쟁이다. 세상을 농락하는 존재들이 부리는 자다.

젠의 말처럼 마이너스 차원의 카르마가 쌓일 만큼 쌓일 정도로 인간이기를 거부한 자에 대해 연민을 가질 필요는 없다.

'인간형 골렘을 포획하는 것은 젠에게 맡겨두고 사람들이 불안해하니 달래야겠군.'

공간 이동을 통해 옐로스톤에 도착한 후 다들 불안한 눈치다.

자연경관은 일품이지만 지금 상황에서는 기괴한 곳이나 마찬가지였으니 말이다.

"다들 안심하세요. 위협되는 것들은 없으니 말이죠."

"차훈아, 여긴 어디냐?"

"미국에 있는 옐로스톤이라는 곳이에요. 아버지."

"미국의 국립공원이라는 곳 말이냐?"

"예."

"세상에, 그 먼 거리를 이동해 오다니……."

태평양을 횡단한 공간 이동이라 아버지가 놀라신 모양이다. 장인어른도 마찬가지인 것 같다.

"역시 사위의 능력은 특별하군."

"아닙니다."

"아니야. 에테르 폭풍의 영향에도 이상 없이 공간 이동을 한 것 것을 보면 말이야."

"알지 못해서 그렇지 방법만 알면 능력자라면 누구나 할 수 있는 겁니다."

"이런 상황에서 능력을 발휘하는 것이 가능하다는 말인가?"

에테르 폭풍이 불기 시작하면 권능을 가진 존재라도 쉽게 움직이지 못한다는 것을 아시는지 장인어른이 물으신다.

"예, 장인어른."

"사위, 그러면 나도 가능한 건가?"

"그렇습니다. 장모님. 제가 도와 드려야 하지만 장모님도 충분히 능력을 사용하실 수 있을 겁니다."

장모님의 의문 섞인 물음에 확신을 드렸다.

"다행이네. 조금 불안했는데 말이야."

"지금 회복을 시켜 드릴 테니 연미를 잘 부탁드립니다, 장모님."

"알았네."

"장모님 손을 이리 주십시오."

내 말에 장모님이 손을 내밀었다. 나는 장모님의 손을 잡고 각인 하나를 남겼다.

보이지는 않지만 세계를 움직이는 인과율 시스템을 통한 각인이 장모님 손등에 새겨졌고, 에테르가 혼란한 상황에서도 능력을 사용하실 수 있게 되었다.

수용소에서 빼내 온 아저씨들에게는 이미 해드린 각인이다. 그 덕분에 아저씨들이 평양에서 능력을 제대로 사용하실 수 있었다.

각인이 끝나니 장모님의 표정이 한결 밝아지셨다. 불안해하시던 표정도 보이지 않는다. 자신감이 생기신 때문인 것 같다.

"으음, 아주 기분이 좋네. 사위. 새롭게 게이트가 열리고 에테르 폭풍으로 인해 이상 현상이 발생한 다음부터 능력을 제대로 사용할 수 없었는데 이렇게 사용할 수 있다니 정말 놀랍네."

장모님이 권능을 시험해 보신 것 때문인지 강력한 힘이 느껴진다.

'대단하시군. 괜히 가이아의 선택을 받은 것이 아닌 것 같구나.'

에테르에 침잠되지 않기 위해 두꺼운 배리어를 둘러 미처 인식하지 못했었는데 상당한 힘이 아닐 수 없다.

보기에도 초월자를 한참 벗어난 상당한 권능을 가지고 계신 것 같다.

"장모님, 조금 있으면 우리를 데리러 올 사람들이 있을 테니 잠시만 기다리세요."

"호호, 알았네."

젠과의 대화 도중에 탱크 일행이 보낸 것으로 보이는 자에게 암시를 걸었다.

상부에 약속된 존재가 도착했음을 알리고 운송 수단을 가지고 오라고 말이다.

멀리서 헬리콥터 소음이 들리는 것 같다.

10여 분이 지난 후 헬리콥터가 머리 위에서 맴돌았다. 숨어 있던 자의 연락을 받은 헬리콥터가 도착한 것이다.

천천히 하강하는 헬리콥터의 창문 너머로 익숙한 얼굴이 보인다.

착륙한 헬리콥터에서 내린 이는 유리안이었다. 탱크 일행의 지난이라고 할 수 있는 유리안은 나를 보자마자 정중히 허리를 굽히며 인사를 했다.

"오랜만이야."

"오랜만에 뵙습니다."

"그동안 많이 늘었군."

"모두가 마스터 덕분입니다."

"연락도 없이 왔는데 잘 찾아 왔군."

"혹시나 오실지 몰라 사람을 배치해 두고 있었습니다."

"그런가? 일단 가지."

"어서 타십시오."

유리안이 타고 온 것은 군용 수송 헬리콥터다. 우리 일행은 거뜬히 태우고도 남았다.

비경이라고 할 만큼 수려한 경관을 자랑하는 곳답게 수직 상승한 헬기가 옐로스톤 국립공원을 가로지르며 날기 시작하자 사람들의 시선이 지상으로 쏠렸다.

동북쪽으로 기수를 잡은 헬리콥터가 향한 곳은 캐나다와 접점을 이루고 있는 몬테나 주였다.

헬리콥터가 이륙하자 자신의 아티팩트인 인간형 골렘을 통해 주시하던 맥클레인은 자신의 의지를 발동했다.

숲과 동화되어 있던 인간형 골렘이 헬리콥터를 추적하기 시작했다.

파파파팟!

골렘이 한 번 걸음을 뗄 때마다 반발력에 의해 땅이 움푹 패여 나갔다.

헬리콥터와 맞먹는 속도로 움직이는 동안에도 모습이 계속변하는 통에 골렘의 모습이 육안으로 확인이 되지 않았다.

존재하는 증거라고는 빠르게 패여 나가는 지상의 흔적뿐이었다.

번쩍!

콰앙!

은신한 채 고속으로 기동하는 골렘이 몸에 빛이 닿자 폭발과 함께 신형이 튕겨져 나가며 대지에 깊은 고랑을 만들어 냈다.

카멜레온처럼 변형을 일으키는 기능이 정지되며 모습을 드러낸 골렘은 은회색의 금속 재질로 되어 있었다.

'어떤 놈이?'

골렘을 제어하고 있다가 날벼락을 맞았던 맥클레인의 영혼은 급히 정신을 차리고 자신을 공격한 존재를 바라보았다. 골렘의 눈을 통해서 적의 존재를 확인할 수 있었다.

골렘을 저지한 것은 광자를 변형시킨 빔이었다.

적의 눈에서는 섬광이 줄기줄기 뻗어 나오고 있었는데 광자로 이루어진 빔을 발사하고 난 여파 때문이었다.

빔을 발사한 것은 바로 젠가이드가 마리오네트로 만든 매드였다.

'심상치 않다.'

인간이 광자 빔을 발사했다. 현대 기술이 적용된 것이 아니라면 마법뿐이기에 맥클레인은 긴장했다. 아티팩트의 기능이 순식간에 절반 이하로 떨어진 것을 보면 적어도 초월자에 근접하는 힘이 담겨 있었기 때문이다.

'작정하고 기다리고 있었다.'

초월자의 근접한 자가 이런 시기에 직접 움직였다는 것은 소멸을 각오했다는 뜻이나 마찬가지였다. 새롭게 게이트가 열린 곳에서 자신을 저지할 존재는 하나뿐이다. 얼마 전 우리를 부수고 뛰쳐나간 사냥개들이다.

'으으득! 씹어 먹을 놈들! 에테르 폭풍만 아니라면…….'

분노가 치밀어 올랐지만 맥클레인은 참을 수밖에 없었다.

본체가 아닌 영혼의 상태라 가지고 있는 권능의 백분의 일도 쓸 수 없는 상황이다. 맞서기가 쉽지 않은 힘일뿐더러 자칫 자신도 타격을 입을 수 있었다.

'놈들이 작정하고 나섰다면 내 영혼에 상처를 입히기 위해서일 것이다.'

맥클레인 자신의 영혼에 타격을 입힌다면 나머지 존재들도 쉽게 움직이지 못한다는 것을 누구보다 잘 아는 자들이다.

에테르 폭풍이 가라앉고 안정화된다면 제일 먼저 자신들이 당한다는 것을 알 테니 끝까지 따라 붙을 가능성이 높았다.

'제길! 더럽게 걸렸군.'

눈을 통해 잦아드는 에너지의 잔상을 보면 쉽게 상대할 자가 아니었기에 맥클레인은 머리를 굴렸다.

'내가 영혼에 타격을 입는다면 그들도 숨겨둔 야욕을 드러낼 것이다.'

상대가 소멸을 각오하고 나선 이상 쉽게 뿌리칠 수 없는 상황이기에 결론은 하나뿐이다. 영혼에 상처를 입는다면 지금의 동지가 적으로 돌변할 가능성이 높으니 말이다.

'아쉽지만 버려야겠군.'

맥클레인은 애써 만든 아티팩트인 골렘과의 연결을 해제하기로 결정을 내렸다.

프로토 타입인 데다가 공격을 받아 기능이 절반 이하로 뚝 떨어진 탓에 계속 연결을 유지하다가 영혼에 상처를 입는 것보다는 포기하는 것이 백번 나았다.

'두고 보자.'

맥클레인이 연결을 풀고 사라지자 골렘의 움직임이 멈췄다.

"마리오네트를 초월자로 여겨 연결을 끊다니 다행이로군. 정말이지 자신의 몸 하나는 알뜰하게 챙기는 놈이다."

맥클레인이 사라진 것을 확인한 젠가이드가 매드의 입을 통해 존재를 드러냈다.

"으음, 이정도면 중상이지만 충분히 회복할 수 있겠군."

매드의 몸 상태를 확인한 젠가이드는 흡족했다. 강화가 진행이 되지 않아 일반인의 육체임에도 자신이 가진 힘을 충분히 소화해 냈기 때문이었다.

강화를 한다면 자신이 가진 의지의 일부분이나마 충분히 수용할 가능성이 높았기에 아주 흡족했다.

"덤으로 저놈까지 얻었으니 마스터께서 기뻐하시겠군. 쓸모가 많은 것이니 일단 주워 담자."

아공간이 열리며 바닥에 쓰러진 신장이 4미터에 이르는 골렘을 집어삼켰다.

"으음, 곤란하군. 최상위 계열의 마법진과 신격을 가진 에고까지 장착해 놓았다니……."

아공간으로 끌어들인 골렘을 분석하려는 순간 저항에 부딪쳤다. 맥클레인과의 연결이 끊어지고 난 후 잠들어 있던 에고가 깨어났기 때문이었다.

"마스터께 보고를 드리려면 우선 이 녀석부터 제압을 해야겠다. 완전히 제압하고 귀속시킨다면 꽤나 쓸 만한 존재가 될 테니 말이다."

조금 미진한 부분이 있기는 하지만 에고를 종속시키고 부족한 부분을 메우기만 한다면 마스터를 위한 꽤나 훌륭한 도구가 될 수 있을 것 같았다.

자신의 마스터를 기쁘게 하고 싶었기에 젠가이드는 골렘을 완전히 종속시킬 생각이었다.

제6장

한참을 날아간 헬리콥터가 멈추며 호버링을 시작한 곳은 깊은 산맥 속에 위치한 별장 건물 상공이었다.

헬리콥터가 상공에서 호버링을 하자 처음에는 나무에 가려 보이지 않다가 나무들이 옆으로 밀려나면서 변화가 생겼다.

'대단하군.'

놀랍게도 지하에서부터 착륙장이 올라오고 있었다.

일반적인 시설이 아니라 아주 오래 전부터 공들여 만들어 놓은 것이 분명했다.

— 마스터, 보고드릴 것이 있습니다.

— 뭐지?

— 인간형 골렘의 연결 고리를 끊는데 성공했습니다. 마리오네트가 훌륭하게 임무를 완수했습니다.

— 다행이군. 쉽지 않았을 텐데 말이야.

— 연결된 초월자가 본체가 아니라서 다행이었습니다. 그랬다면 시도조차 못해봤을 겁니다. 시도하는 순간 저를 간파당하는 것은 물론이고, 마리오네트도 소멸을 당했을 테니까 말이죠.

— 그럴 테지. 이런 상황에서 영혼을 움직일 정도라면 신격을 갖춘 정도가 아니라 대신 급에 버금가는 권능을 지녔을 테니 말이야. 수고 했어 젠.

— 아닙니다, 마스터

— 마리오네트는 어떻게 됐나?

— 중상을 입기는 했지만 충분히 회복될 수 있습니다.

— 쓸 만한 것 같으니 완벽하게 회복을 시켜 놔.

젠의 힘을 받아들여 강력해 보이는 아티팩트를 무력화시킨 것도 굉장한데 중상을 입고 살아남았단다.

일반인의 육체를 가지고 있는 터라 소멸당할 것이라 생각했는데 말이다.

중상만 입었다면 아바타가 될 가능성이 높았다. 젠의 화신이 될 가능성이 있는 것이기에 회복시킬 것을 지시했다.

— 예, 마스터. 그리고 놈이 사용한 인간형 골렘을 종속시켰습니다.

— 종속시켰다면 에고를 가지고 있었다는 말이군.

— 그렇습니다. 까다로운 놈이었는데 부족한 점을 보완한다면 쓸모가 있을 것 같습니다.

— 젠이 그렇게 말한다면 꽤나 쓸모가 있다는 소리로군.

— 그렇습니다.

— 좋아. 한 번 해봐. 골렘이라면 젠도 뒤지지 않잖아.

— 허락해 주셔서 고맙습니다, 마스터. 멋진 작품을 한번 만들어 보겠습니다.

— 뭘 그런 걸 가지고. 하지만 지금부터는 이곳에 집중을 해줘. 예사로운 곳이 아니니 말이야.

— 염려하지 마십시오.

대답을 마친 젠이 빠르게 탐색을 시작했다.

'젠도 대단하군. 정신체로 남지 않고 아바타를 통해 자신의 화신을 만들 수 있는 자가 나타났는데도 불구하고 그에 대해서는 일절 말을 꺼내지 않고 나를 위한 것만 생각하다니 말이야.'

자신의 욕심은 생각하지 않고 나를 위해 골렘을 커스터마이징할 생각만 가득한 젠에게 신뢰가 갔다.

'이럴 때가 아니지. 우선 여기부터 파악을 해보자. 젠도 하고 있지만 나 또한 알아야 할 것 같으니 말이야.'

오래전에 만들어진 이곳이 예사롭지 않다. 알 수 없는 기시감에 기감을 활짝 열고 지하를 탐색해 나갔다.

'별달리 걸리는 것이 없군. 분명 아버지의 비밀 연구소와 비슷한 기운을 풍기고 있는데도 말이야.'

폐쇄하다시피 한 만수연구소와 비슷한 기운이 곳곳에서 느껴진다. 그렇지만 결계가 쳐져 있는 만수연구소와는 달리 지하를 투영하는 데는 별다른 문제가 없었다.

— *으음, 대단하군. 지하에 이런 시설들을 조성해 놓다니. 젠, 어떻게 됐어.*

대충 파악을 한 후에 젠에게 물었다.

— *마스터, 일 차 조사가 끝났습니다. 입체 조감도를 투영해 드릴까요?*

— *그래, 보여줘.*

젠이 보여주는 입체 투시도는 망막에 투영되어 나만이 볼 수 있었다.

기감으로 느낀 것이기는 하지만 상세하게 그려지는 입체 조감도로 보니 정말이지 엄청난 구조물이 아닐 수 없었다.

— *으음, 지하 전체가 완전히 비밀 기지로군. 맨 아래쪽에는 게이트도 있고 말이야. 만들어진 지도 오래되었고.*

— *구분된 섹터가 삼십 층입니다. 각층의 바닥 면적은 33만 제곱미터이고, 상주하고 있는 전체 인원은 12,156명이고, 전투기를 포함한 항공기가 258대, 전차가 112대, 미사일은 45종에 5,460대가 있습니다.*

— *대단하군. 하루이틀에 준비한 것이 아닌 모양이야.*

탱크 일행이 골든 게이트를 탈퇴하고 독자 세력화한 지 얼마 지나지 않은 시점이다. 짧은 시절에 이만 한 시설을 구축하기란

힘든 일일 테고, 아주 오래 전부터 준비되어 왔던 것이 틀림없었다.

— 이면 조직들의 눈을 피해 이정도 규모의 비밀 기지를 건설할 정도면 아주 오래 전부터 이어져 왔던 조직이 분명합니다.

— 단순히 놈들의 개 노릇만 한 것이 아니라 일부러 침투해 있었을 가능성도 있다는 소리로군.

— 그럴 가능성이 농후합니다.

— 그럴 테지. 그나저나 이곳에 상주하고 있는 인적 구성이 특이한 것 같은데?

— 마치 인종 전시장 같습니다. 그중에서도 특히 인디언 계통의 인종이 절반이 넘습니다.

— 그럴 만도 할 거야. 몬테나 주가 원래 백인과 인디언의 격전지였으니 말이야.

— 상당수의 인디언 부족들이 주변에 있었던 만큼, 그들이 주축이 된 것 같습니다.

— 지하에 있는 게이트는 아주 오래전에 열린 것 같은데 인디언들이 선점한 것인가?

— 게이트 부근의 유적이나 구조물의 형태로 봐서는 인디언이 선점했을 가능성이 높습니다.

지하에 있는 게이트는 퉁구스 대폭발 이후 열린 게이트와는 조금 다른 양상을 보였다. 훨씬 안정되고 크기도 더할 나위 없이 컸다. 같은 시기에 열린 게이트가 아니라는 뜻이다.

— *아무래도 자세히 조사해 볼 필요성이 있겠군. 젠, 게이트를 집중적으로 조사해 봐.*

— *알겠습니다, 마스터.*

젠이 사념을 끊고 게이트를 조사하기 시작했다.

입체 조감도를 살펴보며 젠과 대화를 나누는 동안 어느새 헬리콥터가 착륙했다.

착륙장 전체가 지하로 내려가며 머리 위쪽이 어둠으로 물들더니 좌우로 조명이 비치기 시작했다.

— *다들 걱정하지 마세요. 저와 협력하는 사람들의 비밀 기지니까요.*

연미를 비롯해 다들 불안해하는 것 같아 텔레파시를 보냈다. 내가 가진 기운을 일부 실었기에 다들 안정을 되찾아 갔다.

— *사위, 이들을 믿어도 되는 건가?*

능력을 되찾은 탓에 텔레파시가 가능한지 장모님이 사념을 보내왔다.

— *완전히 믿지는 못하지만 섣부른 행동은 하지 못하니 안심하십시오, 장모님.*

— *알았네. 하지만 이곳에 잠재된 기운이 상당히 크네. 분명히 게이트가 있을 텐데 이 정도 규모의 게이트를 가지고 있을 정도면 만만치 않은 조직 같으니 방심을 해서는 안 되네.*

— *예, 장모님.*

장모님의 당부도 당부지만 처음 만났을 때부터 뭔가 감추고 있음을 알았기에 방심하지 않고 있었다.

탱크 일행에게 에테르 축적과 운용법에 대해서 알려주면서도 금제를 교묘히 섞은 것도 그 때문이다.

탱크 일행에게 알려준 방법에는 두 가지 금제가 걸려 있다.

첫 번째는 무림맹이나 반고의 일족이 사용하는 구결 같은 방법으로는 절대 전수가 불가능하다는 것이다. 직접 접촉해 자신의 에테르로 운용법등을 전수할 수 있게 만든 것이다.

두 번째는 탱크 일행의 에테르에 내 의지를 담은 에테르를 심었다는 것이다. 내가 심어 놓은 것은 아주 미량이지만 탱크 일행이 에테르를 축적할수록 커지고, 전수할 때는 내가 심어 놓은 것만큼 받는 이에게 심어진다.

첫 번째는 기하급수적으로 세를 불리지 못하도록 한 것이고, 두 번째 방법은 혹시나 배신을 염려해 직접적으로 제어를 할 수 있는 방법이다.

심어놓은 기운은 만약에 탱크 일행이 나를 배신할 경우 간단히 제압할 수 있는 키이기에 염려할 필요가 없는 것이다.

착륙장에 내려서자 유리안이 헬리콥터의 문을 열며 말했다.

"내리시죠."

"그러지. 다들 내리죠."

다들 내리자 착륙장 앞쪽으로 나 있는 통로로 유리안이 안내를 시작했다.

안쪽 통로로 들어서자 무빙워크가 설치되어 있어 별다른 힘을 들이지 않고 원하는 곳으로 갈 수 있었다.

"도착했습니다."

인디언들이 쓰는 전통의 매듭 문양이 양각된 거대한 문 앞에 다다르자 유리안이 말했다.

'게이트 주변에 쳐져 있는 결계나 구조물의 형태로 봐서는 젠도 조사하기가 쉽지는 않을 것 같다. 누구를 만날지는 모르지만 간접적으로라도 확인할 수 있었으면 좋겠군.'

유리안의 분위기로 봐서는 문 안쪽에 누군가 우리 일행을 기다리는 것 같았다. 누군지 모르지만 그를 통해 게이트의 비밀을 조금이나마 엿볼 수 있기를 바랐다.

스르르르.

잠시 서 있자 문이 열렸다. 유리안의 안내에 따라 문 안쪽의 통로를 따라가던 우리는 의외의 장소에 도착할 수 있었다.

우리가 도착한 곳은 아주 커다란 회의실이었다.

'이건 회의실이라고도 말할 수 없을 것 같군.'

회의장은 상당히 재미있는 구조였다.

중앙에 40명 정도가 앉을 수 있는 원탁으로 되어 있는 회의장이 마련되어 있었다. 회의장 주변에는 기하학적인 문양이 새겨져 있는 아홉 개의 기둥이 세워져 있었고, 그 뒤로는 관람석이 빼곡하게 배치되어 있었다. 마치 경기장 같아 보였다.

원탁이 놓여 있는 회의장 안은 무척이나 특별했다.

설치된 장치들로 언제든지 변형이 가능한 가변적인 구조였을 뿐만 아니라, 하나하나가 특별한 재질로 만들어진 것을 알 수 있었다.

— 마스터.

— 어떻게 됐어?

— 쉽지가 않습니다. 지금까지 알려진 패턴을 하나도 따르지 않는 독특한 결계가 쳐져 있는 것도 그렇지만, 주변에 설치된 구조물이 제 감응을 원천적으로 차단하고 있었습니다.

— 다른 것은 느끼지 못했어?

— 안쪽을 탐색하지는 못했지만 다른 흔적은 발견했습니다.

— 뭐지?

— 연미 님과 어머님에게서 느꼈던 기운을 결계와 구조물에서 확인할 수 있었습니다.

— 후후후, 역시 그런가?

가이아와 관련이 있을지도 모른다고 생각했는데 젠의 사념을 통해 확신할 수 있었다.

— 아직 제가 완전하지 않아서 안까지 살펴볼 수는 없었지만 내일이면 가능할 것 같습니다.

— 알았어, 젠. 아직 시스템이 불안정하니 내일 다시 살펴보는 수밖에…….

— 예, 마스터.

— 그나저나 여기 말이야. 이곳에 상주하는 인원을 전부 수

용할 정도로 크군. 마치 축구장 같아.

— 중앙의 회의장을 제외하고는 좌석 수가 이만 석입니다. 상주하는 인원 이외에 외부에서 활동하는 인원까지 고려한 회의장 같습니다.

— 그런 것 같아. 관람석 같은 곳에 앉는 자들은 회의에 참석할 수 있기는 하지만 중앙에 마련된 회의에서 진행되는 일에는 발언권이 없는 것 같아.

— 그럴 확률이 높습니다. 주변에 세워둔 아홉 개의 기둥이 관람석과 회의장을 완벽히 분리시키고 있는 것을 보면 말입니다.

젠도 내말에 수긍했다. 구조 자체가 그렇게 생겼기 때문이다.

— 더군다나 결계가 발동할 경우 모든 것을 완벽하게 차단할 수 있도록 만들어진 것을 보면 중앙에 있는 회의장도 그렇고 관람석도 아주 특별한 구조물입니다. 아무래도 이곳이 이 비밀 기지를 운영하는 중추인 것 같습니다.

관람석도 특별하기는 마찬가지였다.

회의장의 것보다는 못하지만 특수한 금속으로 만들어진 구조물인 데다가 특수한 결계를 형성하도록 만들어져 있었다.

더군다나 좌석 마다 유선으로 된 특수한 통신망이 깔려 있었는데 연결된 선들이 기지 곳곳을 마지막 기착지로 하고 있었다.

— 회의장에 오더라도 내부 유선 네트워크를 활용해 기지를 운용하도록 한 것 같군.

— *그렇습니다.*

이곳에서 기지를 운용하도록 만들어진 것을 보면 회의장 자체가 하나의 거대한 컨트롤 타워나 마찬가지였다.

— *회의장은 더욱 특별합니다. 게이트와 직접 연결이 되어 에테르를 흡수하고 있습니다. 주변에 설치된 결계 또한 아주 특별합니다.*

— *단서를 찾았어?*

— *실마리만 겨우 잡았습니다.*

— *계속 찾아봐 줘, 젠.*

— *알겠습니다, 마스터.*

젠의 사념이 잦아들자 기감을 열고 중심이 되는 원탁을 탐색했다.

'역시 다르군.'

비슷해 보이기는 했지만 결계를 형성하는 기둥이 있는 앞쪽의 좌석들이 조금은 달라 보였다. 아홉 개의 좌석도 같지는 않았다. 전체적으로는 비슷하지만 전부 다른 형태를 취하고 있었다.

좌석의 형태로 봤을 때 인디언이 부족의 의사를 결정할 때 쓰이는 좌석 배치와 심하게 닮아 있었다.

'인디언 방식의 의사 결정 방식이라…….'

원로들의 것으로 보이는 좌석이 기둥의 숫자와 같은 아홉 개고, 사이사이에는 일정한 비율로 다른 좌석이 마련된 것을 볼 때 내 예상이 틀리지 않을 것 같다.

— *젠.*

— *말씀하십시오.*

— *저 회의장 말이야. 아무래도 인디언들 방식으로 만들어진 것 같은데. 어떻게 생각해?*

— *원로들을 사이사이에 수뇌부의 좌석이 있는 것을 보면 그런 것 같습니다. 여기에 상주하고 있는 인원들 중 인디언들이 대다수인 것도 그렇고, 백인에게 땅을 빼앗기기 전에 존재했다던 부족들의 문양들인 것도 그렇습니다.*

— *인디언의 의사 결정 방식이라면 원로를 포행해서 수뇌부가 총 사십 명인 것 같군.*

— *기둥의 숫자로 볼 때 원로가 아홉 명이고, 수뇌부 역할을 하는 이들이 서른한 명 같습니다.*

— *이만에 가까운 인원을 통제하려면 그 정도 숫자는 되어야겠지. 그나저나 여기에 있는 인원들에 대한 분석은 끝났나?*

회의장으로 오는 동안 젠은 비밀 기지에 상주하고 있는 인원들에 대한 분석을 시작했다. 그리 어려운 일은 아니기에 지금쯤 끝났을 터였다.

— *원로들과 수뇌부를 제외하고는 대부분 끝냈습니다.*

— *수뇌부들이야 어차피 조금 있으면 알게 될 테니까 설명을 해봐.*

— *12,156명의 인원 중 일급이 9,866명, 특급이 2,000명, 준*

초월자가 250명입니다. 그리고 초월의 영역을 넘은 자가 40명입니다.

— 원로들과 수뇌부는 초월자라는 소리군.

— 그렇습니다, 마스터.

— 이 정도면 골든 게이트에 필적할 만한 세력인데 전혀 알려지지 않고 있었다니, 의외로군.

— 조금 더 확인을 해봐야겠지만 마스터께서 알려주신 방법 때문인 것 같습니다.

— 네가 알려준 운용법 때문에 이들이 변했다는 건가?

— 그럴 확률이 아주 높습니다.

— 그렇게 판단하는 근거는 뭐지?

— 여기에 있는 대부분의 사람들에게서 금제의 흔적을 발견했습니다. 마스터가 알려준 운용법으로 금제가 풀리자 본래 가지고 있던 능력을 회복한 것으로 보입니다.

— 으음, 혹시 능력을 전승하는 자들인 건가?

— 지금까지 파악한 바로는 그럴 확률이 95퍼센트입니다.

— 그 정도면 확실하군.

인디언은 조상을 숭배한다. 조상의 숨결이 자신에게 깃들어 힘을 준다고 믿는 이들이다.

대부분이 인디언들이고, 이만한 능력을 본래부터 가지고 있었다면 원인은 하나다. 자신의 선대로부터 가지고 있는 능력을 전승하는 것뿐이다.

금제가 걸려 있어 능력을 사용하지는 못했지만 내가 준 운용법으로 금제를 풀었다면 본래의 능력이나 권능을 찾는 것은 아주 쉬웠을 것이다.

"전승의 원탁으로 가시면 됩니다."

기둥 사이로 흐르는 결계의 힘이 풀리는가 싶더니 유리안이 안으로 들어가기를 권유했다.

유리안의 말에서 젠과 내 짐작이 틀리지 않았다는 것을 확인할 수 있었다.

"들어가셔도 됩니다. 아마 우리와 대화를 하고 싶어 하는 것 같습니다."

스르르.

그렇게 우리가 안으로 들어서자 중앙에 있는 원탁이 변화하기 시작했다.

40명의 좌석이 전부였던 원탁의 세 곳이 트이더니 갈라지기 시작했다.

한 명이 앉는 좌석이 멀찌감치 뒤로 물러나 위로 약간 솟아올랐고, 각각 여섯 좌석으로 갈라진 두 부분은 솟아난 좌석에서 좌우로 약간 떨어진 뒤 날개를 벌리듯 자리했다.

그리고 뒤로 물러난 27개의 좌석들은 옆으로 늘어나더니 본래부터 있었던 숫자만큼 만들어졌고, 기러기가 날개를 펴듯 전면에 위치한 한 개의 좌석을 향하며 자리했다.

— *왕을 위한 대전의 좌석 배치 같군.*

— 그런 것 같습니다.

— 중앙을 중심으로 9좌석이 배치되고 좌우로는 15개 씩 30좌석입니다.

— 한 자리가 부족하군.

— 연유가 있는 것 같습니다, 마스터.

— 나도 느꼈다.

지하 비밀 기지에 존재하던 이들 중 한 명의 존재감이 급격히 사라지고 있었다. 초월자로 분류되던 이들 중 한 명이었다.

그리고 다른 존재 중 하나의 존재감이 아주 커졌다. 사라져 버린 존재는 분신일 확률이 높았다.

— 아저씨들과 미영 아줌마는 좌측에 앉으시고, 다른 분들은 우측에 앉으시면 될 것 같습니다.

— 우리가 앉을 자리가 아닌 것 같네.

장모님이 보내온 사념처럼 내가 보낸 텔레파시에 다들 의문 섞인 눈으로 바라본다.

— 염려하지 말고 앉으세요. 좌석 가까이 가시면 앉고 싶은 자리가 있을 테니 앉으시면 됩니다.

다시 한 번 텔레파시를 보내니 다들 자리로 가서 마음에 드는 자리에 앉기 시작했다.

'그럼 나도 내 자리로 가볼까? 뭘 원하는지 알아야 하니 말이야.'

전면 중앙에 약간 솟아 오른 좌석을 향해 발걸음을 옮겼다.

좌석에 도착하자 바닥이 갈라지며 의자가 올라왔다. 다른 좌석들도 마찬가지였는데 다들 자리에 앉았다.

검은색의 알 수 없는 재질로 만들어진 의자에 앉자 밑에서 올라오는 청량감이 머리를 맑게 했다. 다른 사람들도 그런 듯 놀라는 표정들이다.

— 신좌를 이렇게 많이 마련할 수 있다는 것은 태초의 그곳밖에는 없지?

— 그런 것 같습니다.

— 아다만티움과 오르하르콘을 이 정도로 보유하기도 힘들기도 하고, 합금으로 신좌를 만들어낼 수 있는 능력을 지닌 곳도 그곳밖에는 없으니 말입니다.

— 그렇다면 이들이 그곳에서 갈라진 마지막 후예로군.

— 나타나 봐야 확인이 가능할 것 같지만 마스터의 생각이 맞는 것 같습니다.

— 그럼 지켜보자고.

젠과의 대화 도중에 전면에 위치한 좌석들의 뒤로 공간이 일렁이기 시작했다. 좌석의 주인들이 이제야 공간을 열고 도착한 것이다.

탱크가 가장 중앙의 전면에 서고, 앞으로 걸어 나온 유리안의 그의 좌측에 그리고 공간 이동을 한 제레미가 우측에 서 있었다.

나머지 좌석들도 주인들이 나타났는데, 회귀 전에 정보를 통해 알았던 테라 나인의 인물들이 세 사람을 중심으로 좌우로 서 있었다.

그리고 그들을 중심으로 좌우로 15명의 사람들이 공간을 열고 나타나 도열했다.

"앉지."

내 말에 다들 자리에 착석을 했다.

"자리에 빠진 사람이 있으면 안 될 것 같군."

아버지와 장인어른이 앉아 있는 좌석 중에 이가 빠진 곳이 있다. 처제들의 자리가 분명하기에 자리를 채우기로 했다.

천곤을 휘둘러 공간을 열었다. 게이트 너머 브리턴으로 피신시켰던 처제들이 열린 공간을 따라 나타났다.

처제들은 어리둥절한 모습으로 주위를 둘러보다 가족들이 보이자 안심한 듯 빈자리에 앉았다.

"자, 이제 자리도 다 채워진 것 같으니 누가 설명을 해주었으면 좋겠군."

"아직 도착하지 못한 이들이 있습니다."

내 대답을 받은 이는 탱크였다.

"그런가? 그럼 기다리지."

탱크의 말처럼 도착하지 못한 이들이 있기에 기다리기로 했다.

내 말이 끝나기 무섭게 관람석들이 채워지고 있었다.

공간 이동이 아니라 곳곳에 나 있는 출입구를 통해 비밀 기지에 상주하고 있는 인원들이 들어와 자리에 앉기 시작했다.

각자의 좌석이 있는 듯 자신의 자리로 가서 안고 있음에도 대화는커녕 별다른 소음이 들리지 않았다.

모두가 능력자라서 가능한 일이었다.

만 명 가까이 되는 인원이었지만 자리에 앉기까지 걸린 시간은 채 5분이 되지 않았다.

모두가 자리에 앉자 이동해 온 통로들이 일제히 닫혔다.

군데군데 빠진 곳이 있는데도 문을 닫은 것을 보면 외부에 있는 인원들은 회의장에 참석을 하지 않을 모양이다.

준비가 끝난 것인지 전면 중앙에 자리한 탱크가 입을 열었다. 그는 잊혀 있었던 오랜 시절의 비사를 나에게 이야기해 주기 시작했다.

"아주 오래 전에 중앙아시아에 태초의 하늘이 열리면서 세상이 변하기 시작했습니다. 모두가 하나였던 존재들은 열 두 개의 갈래로 갈라졌고……."

탱크의 입에서 놀라운 이야기가 흘러나왔다. 내 운명을 가늠할 비밀의 이야기가 말이다.

탱크의 이야기를 요약하자면 이렇다.

이 비밀 기지와 자신들은 아주 오래 전에 태초에 권능을 부여받았던 존재들의 후예로, 나를 기다리고 있었다는 것이었다.

중앙아시아의 알타이 산맥과 바이칼 호를 근거지로 자리 잡은 태초를 연 존재들은 아주 특별했다.

다른 차원의 세계와는 달리 마나 마스터가 없는 지구에서 창조주가 자신의 권능을 조금씩 부여한 존재들이었다.

이들은 가이아의 보호를 받으면서 지구상의 생명체를 살피며 창조주의 실험을 주관하는 임무를 맡고 있었다.

오랜 세월 동안 세상을 조율하며 생명체를 번성시키던 그들에게 변화가 찾아온 온 것은 갑작스러운 일이었다.

어느 날 창조주가 만들어낸 차원들의 바깥에 있는 외계의 틈이 벌어졌고, 이를 통해 스며든 알 수 없는 미지의 기운으로 인해 가이아를 비롯한 존재들이 변하기 시작했던 것이다.

창조주의 권능을 부여 받은 이들이 모두 변해 버린 것은 아니었다.

그중에서 가장 강대한 권능을 부여받은 열두 존재들은 변화에 저항할 수 있었고, 자신들을 따르던 존재들을 지켜낼 수 있었다.

가이아의 희생으로 외계 차원과 연결이 되었던 틈이 닫히고 더 이상의 변화가 발생하지 않게 되었지만 문제가 발생했다.

변화된 자들과 자신을 지켜낸 자들 사이에서 분란이 발생하기 시작한 것이다.

더 이상 근거지에 함께 있을 수 없게 된 그들은 뜻을 같이하는 이들끼리 뭉쳐 사방으로 흩어졌다.

자신을 지켜낸 이들도 마찬가지였다. 자신을 따르는 이들과 함께 근거지를 떠나 세상으로 흩어졌다.

세상에 흩어진 이들은 새로운 근거지를 찾기 위해 세상을 떠돌았고, 가는 여정 동안 자신들이 보살펴 왔던 인류를 휘하로 받아들였다.

근거지를 찾은 존재들은 인류로부터 신으로 받들어지며 세력을 공고히 한 후 세상을 향해 움직였다. 지구의 패권을 위한 싸움이 시작된 것이었다.

그렇지만 이면에는 숨은 비밀이 있었다.

외계의 기유에 저항해 변화하지 않았던, 권능을 이어받은 이들은 세상으로 흩어진 후 다시 모였다. 그리고 바다를 건너 새로운 땅에 자신들의 모든 것을 감췄다.

이러한 비밀이 지금까지 감춰질 수 있었던 것은 여정 동안 합류한 인류에게 권능을 제외한 자신들의 힘을 모두 건네주었기 때문이었다.

외계의 기운으로 인해 변이가 된 존재들과 맞서 싸우며 서서히 멸망해간 이들이 있었기에 감춰졌던 것이다.

"그러니까 여기 있는 인원들이 열두 존재들의 후예들이라 이거로군."

"그렇습니다."

"으음."

길게 이어진 탱크의 설명이나 준비된 비밀 기지로 볼 때 이야기에는 허점이 없었지만 신뢰가 가지는 않았다.

브리턴에서 탱크 일행을 만났을 무렵, 그들의 의식을 살펴봤을 때 이런 정보는 없었기 때문이었다.

— 젠, 그런데 어째서 내가 알 수 없었던 것이지?

— 비밀 기지가 만들어진 지는 오래되었지만 살펴본 바로는 이들도 그런 사실을 안 지 얼마 되지 않은 것 같습니다.

— 그런 사실을 안 지 얼마 되지 않았다고?

— 예, 마스터.

— 뭔가 알아낸 것이 있는 모양이군.

— 정확하지는 않지만 가이아와 이들이 맞닿은 흔적 같은 것을 발견했습니다.

— 가이아를 통해 정보를 얻었다는 건가?

— 연미 님에게서 느껴졌던 흔적이 저들에게서 희미하게나마 남아 있는 것을 보면 거의 틀림없습니다.

— 확인을 해봐야겠군.

젠이 파악을 했지만 나도 확인을 해봐야만 했다.

이들을 믿을 수 있느냐, 없느냐의 차이에 따라 많은 것이 달라지니까 말이다.

의지를 일으키자 기감이 사방으로 뻗어 나갔다. 워낙 많은 인원이고, 능력도 월등한 지라 지구로 돌아온 뒤 처음으로 반 이상의 힘을 써야 했다.

하나하나의 의식 속으로 파고들어 사실 여부를 파악했다.

'사실인 것 같군.'

젠의 말처럼 가이아의 것으로 보이는 흔적이 남아 있었다. 그리고 전에는 파악할 수 없었던 정보들이 탱크를 비롯한 세 사람의 의식 속에 새겨진 것을 알 수 있었다.

본래의 기억이 아닌 새로운 정보가 말이다.

정보들이 이들에게 건네진 것은 정말 얼마 되지 않았다. 살펴본 바로는 하루가 채 지나지 않았다.

내가 이들에게 연락을 한 뒤에 곧바로 정보가 건네진 것이 분명하다.

'가이아, 원하는 것이 도대체 뭐냐?'

들은 바로는 가이아와의 접촉이 얼마 남지 않았다.

아직까지 접촉하지 않았는데도 그동안 준비한 것을 꺼내 나에게 보여주는 이유가 궁금했다.

더군다나 정보가 새겨진 이들의 의식을 읽는 것이 쉽지가 않은 상황이다.

내가 가지고 있는 능력에도 불구하고 탱크와 유리안, 그리고 제레미가 가지고 있는 중요한 정보들은 거의 읽을 수가 없다는 뜻이다.

의식이 가이아가 친 것으로 보이는 배리어 같은 것으로 가려져 있어서다.

'정보가 가려진 것을 보면 가이아가 의도한 것이 이게 전부일 리는 절대 없을 것이다. 아직 가이아의 속내를 정확히 파악

할 수 없는 상태이니, 일단은 내가 맡은 역할이 무엇인지 파악을 하는 것이 우선이겠군.'

탱크가 말하는 정보들이 새겨진 것은 얼마 되지 않았기에 가이아의 속내를 알아볼 필요가 있다.

대충은 파악을 했지만 이 거대하기 그지없는 조직에서의 내 위치를 확인할 필요가 있었다.

내가 어떤 위치냐에 따라 가이아의 의도를 파악하는 방법을 달리해야 하니 말이다.

"여기서 내 위치는 어떻게 되지?"

"모든 것을 주관하는 존재이자 세상을 바로 잡을 존재라 알고 있습니다. 저희들의 모든 것을 뜻대로 하시면 될 겁니다."

"생사여탈을 내 마음대로 해도 된다는 뜻인가?"

"그렇습니다."

"이만 한 조직이면 목적이 있을 텐데, 앞으로 어떻게 해야 하는 거지?"

"세계를 안정시키는 것이 저희들의 목표라고 들었습니다. 목표를 달성하기 위해서라면 저희는 목숨을 내놓을 각오도 되어 있습니다."

"그렇군. 그 목표의 제일 선두에 서야할 사람이 바로 나고 말이야."

"그렇게 알고 있습니다."

"그거 재미있군. 막강한 전력이 이렇게 쉽게 내 손에 들어오다니."

"모두가 가이아의 뜻입니다."

"가이아의 뜻이라? 가이아가 이번에 지구를 완전히 정화하려는 모양이군."

"그렇게 알고 있습니다."

"알았다. 가이아의 뜻이 그렇다니 따를 수밖에."

가이아는 지구를 정화하려고 했었다. 성공을 거두기는 했지만 실패한 것이나 다름없는 일이었다. 남겨두었던 불씨가 다시 피어올랐으니까.

이번에는 작심을 한 모양이다. 나를 이용하려 한다는 것이 기분이 조금 나쁘지만.

그래도 가이아가 무대를 마련했으니 움직일 차례다. 가이아의 목표가 지구를 정화하는데 있으니 말이다.

"지금 어떤 상황인지 정보를 취합해 두었을 테니 보고를 해 보도록."

"알겠습니다, 마스터."

탱크가 대답을 하자 유리안이 자리에서 일어나 전면으로 나섰다.

수뇌부를 이루는 곳과 내가 앉아 있는 곳 사이에는 상당한 공간이 비어 있었는데 유리안은 천천히 걸어 나와서 중앙에 자리하고 섰다.

스르르르.

유리안이 자리하자 홀로그램이 그의 머리 위로 떠올랐다. 지구를 생생하게 묘사한 모습이었다.

지구본은 상당히 큰 크기였다. 지름이 대략 5미터 가량이었는데 매우 사실적으로 묘사되어 있었다.

지구본이 천천히 회전을 하기 시작했고, 뭔가를 표시하기 시작했다.

여러 지역에 검은 표식이 나타났는데 몇몇은 나도 나도 눈에 익은 곳이라서 스팟과 게이트가 있는 곳임을 확연히 알 수 있었다.

뒤이어 붉은 표식이 새겨지기 시작했다. 표식은 모두 일곱 군데였는데 앞서 새겨진 검은 표식과는 달리 붉은 색으로 되어 있었고, 크기도 월등히 컸다.

— *새롭게 나타난 게이트들 같습니다.*

— *옐로스톤 국립공원도 표시된 것을 보니 그런 것 같다.*

젠의 말처럼 새롭게 나타난 게이트들이 분명했다. 창조주가 만든 세계 중 일곱 세계와 완전히 연결이 된 게이트들은 지구 곳곳에 산재해 있었다.

북아메리카에는 옐로스톤 국립공원에, 남아메리카에는 아마존 중심부에 위치해 있었다.

아프리카는 킬리만자로를 중심으로, 유럽은 알프스, 그리고 오세아니아는 호주의 붉은 바위를 중심으로 게이트가 생성이 되어 있었다.

아시아는 워낙 땅 덩어리가 넓어서 그런지 두 군데 생성이 되어 있는데, 시베리아의 바이칼 호와 파미르에 생성이 되어 있었다.

표시가 끝나자 지구본이 멈췄고, 유리안의 설명이 천천히 이어졌다.

“퉁구스 대폭발 이후 나타난 게이트와 스팟은 검은색으로 표시되어 있으며, 이번에 새롭게 나타난 게이트들은 붉은색으로 표시되어 있습니다. 기존의 것이 차원의 틈새가 열린 것이라면, 이번에 새롭게 나타난 게이트들은 완전히 연결된 통로라고 할 것입니다.”

“지구 전역에 나타났군. 그것도 다른 게이트들을 거느리는 형태로 말이야.”

“잘 보셨습니다. 이번에 열린 게이트를 통해 흘러 들어온 에테르들은 폭풍을 일으키며 지구 전역으로 번지고 있는 중입니다. 에테르가 흐르는 기류를 별도로 표시해 보겠습니다.”

지구본의 위쪽에서 디지털시계가 나타나더니 카운팅이 시작되었다. 시간의 흐름이 지날수록 지구본이 바뀌기 시작했다.

지구본의 전체 모습이 회색으로 바뀌었다.

기존의 게이트와 스팟들은 변하지 않고 처음 그대로 검은 색이었지만, 새롭게 나타난 게이트들은 붉었던 표시들이 무지개

색으로 변했다.

디지털시계의 카운팅이 계속되면서 지구본이 회전을 멈추고 옐로스톤 국립공원 지역의 모습이 눈에 들어왔다.

옐로스톤 지역에 표시된 것은 공원 이름에 담겨 있는 뜻과는 조금 다르게 핏빛이었다. 무지개색의 적색과는 조금 다른 선명한 선홍색을 띠고 있었는데, 마치 피를 보는 것 같았다.

잠시 뒤에 변화가 일어나기 시작했다.

옐로스톤의 선홍색 표시 위로 붉은 기류가 떠오르더니 주변 게이트와 스팟들과 연결되며 주변을 잠식하기 시작했다.

아마존 지역도 마찬가지였는데, 선명한 녹색의 표식 위로 녹색의 기류가 번지고 있었다.

나머지 다른 게이트들도 마찬가지였는데 자신의 색을 선명히 드러낸 기류들이 주변의 게이트들을 물들이며 점차 자신의 권역을 나타내기 시작했다.

"보시는 것처럼 새롭게 나타난 게이트들은 주변을 잠식하며 자신의 존재감을 드러내고 있습니다. 잠식의 정도로 봤을 때 기존에 열린 게이트나 스팟들은 지금 열린 게이트와 연결이 된 세계의 틈으로 인해 발생했던 것이 분명합니다."

"그러니까, 새롭게 나타난 게이트와 연결된 세계로 이어진 틈이라는 뜻이로군."

"그렇습니다. 지금 열린 것들이 주 통로이고 나머지는 개구멍 같은 것이라고 할 수 있습니다."

"설명을 계속 해봐."

"예."

지구본이 다시 변하기 시작했다. 세력을 형성한 각 게이트의 접경 부근에서 회오리 같은 것이 발생을 하더니 강력한 파장이 두 세력권을 물들이기 시작했다.

"보시는 바와 같이 허리케인과 같은 현상이 곳곳에서 발생하고 있습니다. 이로 인해 퉁구스 대폭발 때보다 활씬 강력한 에테르 폭풍이 부는 것으로 보입니다."

"지구가 가지고 있던 본래의 에테르도 새로 열린 게이트들 때무에 요동을 치는 것 같군."

"맞습니다. 새롭게 생성된 게이트에서 흘러나온 에테르들의 침식이 끝나자 충돌이 시작되었고, 지구에 존재했던 에테르 또한 변화하기 시작했습니다. 에테르 폭풍이 더욱 강력해진 것은 게이트가 커진 탓도 있지만 지구에 존재하는 에테르의 반발이 퉁구스 대폭발 때보다 커진 탓도 있는 것 같습니다."

"반발이 커지다니, 무슨 말이지?"

"퉁구스 대폭발 당시에는 정밀한 계측기가 없어 확인이 되지는 않지만, 생존자들의 증언으로 볼 때 당시 지구에 존재하던 고유의 에테르의 양보다 현재 있는 양이 최소 천 배에서 최대 만 배 정도 높다고 합니다."

"증언이라니, 무슨 말이죠?"

"지금 이 자리에는 당시에 생존해 있던 인디언 주술사분들이 계십니다. 토템을 통해 자연의 힘인 지구의 에테르를 끌어다 쓸 수 있는 능력을 지니신 분들이죠."

유리안이 눈짓으로 수뇌부를 구성하고 있는 이들 중에 당시의 주술사들로 보이는 이들을 가리켰다.

그들은 100세가 넘었을 나이인데도 불구하고 젊은이 못지않은 용모를 가지고 있는 모습을 가지고 있었다.

"당시의 분들이 살아계시다니 놀라운 일이군. 그것도 저렇게나 젊은 모습으로 말이야."

"저 분들이 젊어 보이는 것은 지구 고유의 에테르의 양이 증가한 것과 관련이 있습니다. 동양에서 말하는 자연지기인 에테르의 양이 많아져 농도가 짙어진 탓에 흡수하는 양이 많아졌고, 점점 젊어지시게 된 것입니다. 가지고 계신 능력들도 아주 높아졌고 말입니다."

"그럴 수 있겠군."

주술사로 보이는 이들은 모두 열 명이다. 테라 나인의 양옆에 다섯 명씩 앉아 있었는데, 깊은 눈빛을 보면 젊은이가 보일 만한 것이 아니었다.

일정한 경지를 넘어서면 반로환동을 통해 젊어진다는 무림의 공부처럼, 앞에 보이는 이들도 그럴 확률이 높아 보였다.

"지구 고유의 에테르 농도가 짙어진 탓에 반발력은 퉁구스 폭발이 있었던 때와는 비교할 수 없을 정도로 에테르 폭풍의 영향이 강해졌습니다. 때문에 이면 조직들이 당시의 상황과는 완전히 다른 형태로 움직이고 있는 중입니다."

"에테르 폭풍이 그처럼 강력해졌다면 신성을 가진 존재들이나 신격을 가진 존재들도 함부로 움직이지 못하고 있을 테니 새로 나타난 게이트에 집중하고 있겠군."

"그렇습니다. 나서는 순간 권능에 타격을 입을 테니 자신들의 근거지에서 웅크리고 숨어 있는 중입니다. 몇 가지 정보를 확인해야 하지만 그들은 게이트 너머에 존재하는 세계의 비밀을 파헤치는 데 주력하고 있는 것 같습니다."

"당연히 그럴 테지. 누가 먼저 비밀을 파헤치느냐 따라 헤게모니가 바뀌게 될 테니 말이야. 자, 이만 하면 상황 설명은 끝난 것 같고. 앞으로 뭘 하려고 하지?"

"당연히 세계의 질서를 어지럽히고 지구를 오염시키는 존재들과 전쟁을 시작할 것입니다."

"그렇군. 하지만 그들은 마음대로 움직일 수 없다고 하지 않았나? 전쟁을 시작하려면 우리가 찾아가야 하겠군. 혹시나 내가 그들을 처리해 주기를 바라는 건가? 너희들도 마음대로 움직일 수 없을 테니까 말이야."

눈치를 볼 것이 없으니 단도직입적으로 물었다.

"가이아께서 바라시는 것입니다."

"내가 왜 가이아의 뜻을 따라야 하는 거지?"

"그야 지구를 정화하기 위해서……."

"너 말고 옆에 있는 자들이 대답을 하지. 젊은 애들에게 완장을 채워놓았다고 뒤에 있지 말고 말이야."

"으흠."

좌측에 있던 주술사 중 하나가 헛기침을 한 번 하더니 심기가 불편한 표정으로 자리에서 일어났다.

제7장

강해 보이는 자였다. 체내에 가지고 있는 에테르의 양도 장내에 있는 사람들 중 나를 빼고 제일 높았다.

장모님과 비교해도 월등히 높은 양이었다.

"가이아의 예언이 있었소. 모든 것을 원래의 모습으로 되돌릴 존재가 바로 당신이라고 말이오."

"후후후, 당신이라……."

"가이아의 힘을 이어받은 존재답게 맡은 책임을 다해 주시면 좋겠소."

강압적인 말에 비위가 틀렸다.

"누가 그러던가? 가이아가 자신의 힘을 내가 이어받았다고 하던가?"

어깃장을 놓는 내말에 장내의 분위기가 달라졌다. 그런 것이야 상관할 내가 아니다.

— 젠, 아무래도 현신을 하려는 것 같지?

— 그런 것 같습니다. 제가 있는데도 현신을 하려 하다니 조금 이상합니다.

— 그럴 수도 있을 거야. 네 존재를 알아차리지 못했다면 말이야.

— 으음, 그럴 수도 있겠군요.

머뭇거리는 것 같으니 불러내 보도록 하지. 잘 관찰을 해 봐. 이번이 기회일 수도 있으니 말이야.

— 알겠습니다, 마스터.

장모님이 조만간 만날 수 있을 것이라고 했지만 지금이 기회인 것 같다. 전장은 자신에게 유리한 곳에서 해야 한다.

내가 어깃장을 놓자 불안해하는 가이아를 보면 지금 이 시간이 내가 유리한 전장이다.

"너도 별 볼일 없는 놈이군, 가이아! 그만 나오지 그래. 이런 허튼 짓은 그만하고 말이야."

우우웅!

말이 끝나기 무섭게 장내에 공명음이 들려왔다.

회의장 중앙에 있던 홀로그램이 일그러지더니 그 위로 반투명한 존재가 모습을 드러냈다.

— 가이아가 틀림없습니다, 마스터.

— 본 적이 있는 모습인가?

— 한 번도 본 적이 없지만 가지고 있는 에테르로 볼 때 가이아의 본체가 분명합니다. 연미 님에게 남아 있는 흔적과 완전히 일치하고 있습니다.

— 잘 관찰해.

— 걱정하지 마십시오.

반투명한 모습이 점점 더 불투명해지는 것을 보니 젠을 통해 가이아가 틀림없다는 것을 확인할 수 있었다. 가이아는 아직 모습을 드러내지 않은 듯 보였다.

완전히 모습을 드러내자 가이아가 말없이 손을 휘저었다.

스르르르.

손짓 한 번에 주변에 있는 공간이 전부 변했다. 나와 가이아만을 남기고 공간을 차단한 것이 분명했다.

"휴우, 당신은 정말 다루기 힘든 존재군요. 그대로 따라줬으면 좋았을 텐데 말이죠."

"후후후, 단도직입적으로 말하지. 나에게 진짜 원하는 것이 뭐지?"

"방금 전에 듣지 않았나요? 창조주의 터전을 오염시키는 존재들의 소멸과 정화가 내 목적이라는 것을 말이죠."

"후후후, 듣기는 했지. 하지만 그것만이라는 것이 솔직히 믿겨지지 않아서 말이야."

"사실이에요. 당신도 느끼지 않았나요? 차원의 경계가 무너지면서 세상이 혼란에 빠지고, 그것을 악용하는 자들이 존재한다는 것을 말이죠."

"알지. 그들이 소멸시키거나 정화해야 할 존재들이라는 것도. 하지만 섣부르게 움직이고 싶지는 않아. 내가 어째서 당신의 선택을 받았는지 궁금해서 말이야."

"뭘 알고 싶은 거죠?"

"솔직하게 대답해 줄 수 있나?"

"제 이름을 걸고 진실을 말해드리도록 하죠."

"그럼 한 가지 묻도록 하지. 내가 겪었던 여정이 모두 당신으로부터 비롯된 건가?"

"맞아요. 에테르의 곁가지인 수기 같은 것을 얻은 것부터 다른 세계로 넘어가 힘을 얻은 것까지 모두가 내 뜻에 따라 이루어진 일이었어요. 당신이 정화의 힘을 갖도록 하기 위해서 말이죠."

"그런가. 그럼 연미와 맺어진 것도 네 뜻인가?"

"첫 번째 아이가 실패하고 난 뒤 그 아이를 선택했죠. 그 아이가 당신을 좋아하기 시작했다는 것을 알게 되면서 또다시 실패할 것을 예감했기에 준비를 해야 했어요. 당신이 그 아이보다 더 나은 대안이라는 사실을 발견했기 때문이었죠."

"내가 말인가?

"그래요. 사실 당신은 오염된 존재들을 소멸시킬 전사로 키울 예정이었어요. 그 아이는 세상을 정화할 존재로 키울 생각이었고요. 하지만 그 아이와 만나는 순간 당신의 몸에서 정화의 기운을 읽었어요. 다른 세계의 에테르를 자신의 것으로 만드는 것을 느낀 것이죠."

"그랬군."

"당신과 그 아이는 나의 힘을 나눠 가졌어요. 그 아이가 곁에 있고, 인연을 맺을 수 있다면 정화의 날을 앞당길 수 있을 것 같아 인연을 이어지도록 했죠."

"후후후, 그랬었군."

"당신에게는 힘이 있어요. 이 세계를 침범한 벌레 같은 놈들을 모두 소멸시키고 세상을 정화할 수 있는 힘이 말이죠."

"내가 가지게 된 모든 것이 당신으로부터 비롯되었다는 말이로군."

"맞아요. 당신이 가진 그 힘은 모두 나에게서 비롯되었고요. 그러니 맡은 소임을 다하세요. 모든 것을 잃기 전에 말이죠."

"나에게 협박하는 것인가?"

"협박이 아니에요. 당신이 존재하는 이유가 그것이니 운명을 따르라는 거예요."

운명을 따르라는 소리는 자신이 안배한 대로 따르라는 말이나 마찬가지다. 그리고 이렇게 강요하는 것이 협박이다. 협박이라는 것을 모르고 협박을 하다니. 가이아가 무섭게 느껴진다.

"후후후, 그렇게 하지. 하지만 말이야. 나에 대해 반발심을 가진 자들은 필요가 없어. 상대하는 놈들이 특별한데 그런 놈들은 괜히 분란만 일으키니 말이야. 난 내 말에 절대 복종하는 자들이 필요해."

"조치하도록 하죠. 이곳을 나서는 순간부터 당신의 말을 전적으로 따를 거예요. 지켜보겠어요."

서늘한 표정의 가이아가 다시 손을 내저었다.

둘만 있던 공간이 사라지고 다시 회의장이 나타났다. 가이아의 모습은 어디에도 보이지 않았다.

'달라졌군.'

의자에 앉아 있던 자들의 모습이 달라졌다. 하나 같이 바닥에 부복을 한 채 고개를 들지 못하고 있었다.

회의장에 있는 자들뿐만이 아니었다.

관람석에 있던 자들도 마찬가지였다. 부복할 수 없어서 그런지 내가 있는 쪽을 향해 고개를 깊숙이 숙이고 있었다.

— 나에게 완전히 복속시킨 모양이군.

— 내부의 에테르가 급격하게 흔들렸던 것을 보니 공간의 틈새에 계실 때 가이아의 징벌이 있었던 것 같습니다.

— 후후후, 수하이기 전에 자식과 같은 존재일 텐데 징벌이라. 재미있지 않아, 젠?

— 그런 것 같습니다. 자신의 소임을 잊은 것도 그렇고, 마스터의 운명이 제 손안에 있는 듯 행동하니 말입니다.

— 그나저나 가이아의 권능이 어떻게 작동하는 지 파악은

했어?

— 기본적인 것은 대부분 파악을 했습니다. 작동하는 시스템을 파악한 이상 전부 파악하는 데는 얼마 걸리지 않을 것 같습니다.

— 가이아는 창조주가 만든 별도의 시스템이라고 했지?

— 그렇습니다. 지구에는 마나 마스터가 존재하지 않아 인과율 시스템과는 접속을 할 수 없는 새로운 형태의 별개의 시스템이 필요했으니까요.

— 알았어. 가이아에 대해 상세하게 파악을 해봐. 창조주가 처음 만들었을 때와는 많이 변한 것 같으니 말이야.

— 예, 마스터.

— 시간이 조금 필요할 테니. 당분간은 가이아가 원하는 대로 놀아주도록 하자.

— 맞춰서 준비를 하겠습니다.

가이아는 나에 대한 전혀 알지 못하고 있다. 시간을 거슬러 회귀한 것도 그렇고, 자신보다 강력한 권능을 지니고 있다는 것도 말이다.

특히나 자신과 버금가는 젠에 대해서는 아무것도 알아차리지 못하고 있다.

자신이 나란 존재를 만들어 냈다고는 하지만 그런 것 같지도 않다. 일부분 간섭을 했을 테지만 가이아가 모르는 것이 있는 것을 보면 아직 파악되지 않는 다른 힘이 작용했던 것이 분명하다.

그것도 차원을 넘나들며 권능을 능가하는 힘을 발휘할 수 있는 뭔가가 말이다.

이제는 가이아가 원하는 대로 놀아주어야 할 것 같다. 어차피 내 목적 중 하나이기도 하니 거리낄 것은 없다.

"지금부터 새로운 게이트의 주인이 누가 됐는지 최대한 빨리 정보를 수집한다. 초월자나 초월에 근접한 자들은 움직일 수 없을 테니 일반 능력자를 최대한 활용해라. 그리고 휘하의 세력이란 세력도 모두 동원해라. 그들과의 전쟁은 그 다음이다."

"충!"

식구들과 아저씨를 제외하고 장내에 있는 모든 이가 한 목소리로 대답을 했다.

"지금부터 움직이도록!"

관람석부터 사람들이 자리에서 일어나 나에게 고개를 숙여 인사를 하더니 일사분란하게 자리를 빠져나가기 시작했다.

회의장에 있던 수뇌부들도 마찬가지였다. 부복했던 자리에서 일어나 허리를 깊숙이 굽혀 인사를 하더니 자리를 떴다.

수뇌부들과 원로들인 주술사들이 빠져 나갔지만 테라 나인들은 자리를 지키고 있었다.

"너희들은 뭐지?"

"가이아 님으로부터 목숨을 바쳐 마스터를 호위하라는 임무를 부여 받았습니다."

"나를 호위해?"

"그렇습니다. 가이아 님께서 말씀하시길 모든 금제가 풀렸으니 우리들을 당신 뜻대로 하라 하셨습니다."

예상하지 못한 뜻밖의 일이었다. 가이아가 나를 호위하게 테라 나인을 내주다니 말이다.

— 젠, 확인해 봐.

— 예, 마스터.

젠이 곧바로 확인 작업에 들어갔다.

— 마스터, 가이아의 흔적이 모두 지워진 것이 맞습니다. 하지만 마스터께서 한 번 더 확인하는 것이 좋을 것 같습니다.

— 그러지.

기감의 의지를 실어 아홉 사람의 의식을 파고들었다.

'이건 마치 비밀번호를 세팅하기 전의 자물쇠 같군.'

탱크를 비롯한 테라 나인은 의식의 모든 부분이 해제되어 있었다. 어떤 식으로 엮는 가에 따라서 새로운 인격이 구축될 정도까지 말이다.

'탱크의 말대로 가이아는 자신이 건 모든 금제를 푼 것이 틀림없다. 혹시, 내가 건 금제를 알아차리기라도 한 건가?'

탱크와 유리안, 그리고 제레미는 브리턴에 있을 때 의지의 씨앗을 심어 두었다.

그런 세 사람이 내가 알려준 운용법을 제일 먼저 알려 준 이들이 다른 테라 나인이었다.

다른 이들은 제외하고 이들만 내 호위를 맡기고 금제를 풀어 준 것을 보면서 느낌이 왔다.

가이아는 내가 걸어둔 금제가 테라 나인에게서 다른 이들로 퍼지기 전에 알아차리고 차단한 것이 분명했다. 자신에게는 쓸모가 없으니 나에게 내준 것이 분명하다.

'알면서도 모른 척하는 것을 보면 가이아도 만만한 존재가 아니로군. 어쩌면 젠이나 내가 가진 진정한 힘에 대해서도 알고 있을지도 모른다. 일부러 젠이 자신을 투영해 볼 수 있게 해주었을 수도 있고.'

상황이 복잡해 졌다. 모든 것을 알고 있으면서 일부러 감추고 있는 것을 보면 뭔가 내가 모르는 일이 진행이 되고 있다는 것을 뜻하니 말이다.

'아직 회귀하기 전에 일어났던 상황의 범주를 크게 벗어나지는 않으니 기다려 보자. 뜻하는 대로 따라 주다 보면 뭘 원하는지 알 수 있을 테니까. 그럼…….'

준다면 받으면 된다. 그것도 경험 많고 훌륭한 인재들이라면 사양할 필요가 없다.

다들 초월자에 근접한 이들이라 잘만 키운다면 큰 전력이 될 테니 말이다.

해체된 테라 나인의 의식을 재조합하기 시작했다. 그 중심은 내가 심어 퍼트려 놓은 의식의 씨앗이다.

'후후후, 혹시라도 내가 이러기를 바라고 이들을 내준 것이

라면 헛수고한 것이다. 의식의 전환은 연혼을 건드리는 것이라 신조차 잘 시도하지 않는 것이니 말이야.'

테라 나인이라는 훌륭한 미끼를 던지고 내가 지금 시행하고 있는 방법을 훔쳐 배우려고 한다면 헛수고다.

애초에 내가 심어 놓은 의지의 씨앗을 알지 못하는 한 같은 방법을 쓴다고 해도 성공하지 못하니 말이다.

사실 내가 사용하는 방법은 창조주가 자신의 아바타인 마나 마스터를 창조할 때 쓰는 방법과 비슷하다.

의식과 언령의 극의가 담긴 이 방법은 영혼을 창조할 때도 사용하는 방법이다.

창조주는 나와 같은 방법으로 자신의 의지를 씨앗으로 만들어 영혼을 창조했다. 괜히 영혼을 가진 인간이 창조주의 분신이라 일컬어지는 것이 아니다.

젠이 매드라는 자를 마리오네트로 만든 방법도 비슷하지만 내가 한 것과는 천지 차이가 있다. 내가 쓴 방법은 새로운 영혼을 창조한 것이니 말이다.

영혼의 색이 변하자 테라 나인의 기세도 점차 변화하기 시작했다. 기억을 공유하기는 하지만 영혼이 바뀌어 다른 존재가 되었기에 발생하는 현상이다.

신성을 가져 신격이 형성되는 것처럼 영혼이 변화되어 새로운 인격을 가지게 된 것이다.

한마디로 말해 테라 나인은 이제부터 나의 권속이다. 내 영혼의 일부와 하나로 맺어진 존재라 나와 생사를 같이 하는 존재가 되었다.

"나는 소멸과 정화의 길에 걸리적거리는 모든 것을 파괴할 것이다. 내가 가능 길에 방해물이 있다면 그것이 설사 가이아라 할지라도 배척해야 할 것이다."

"모든 것이 마스터의 뜻대로 이루어질 것입니다."

"이제 알게 되었을 테지만 나는 너희들의 호위가 필요 없는 사람이다. 임무를 부여할 테니 최선을 다해 완수하도록 해라."

"예, 마스터."

나는 의지를 일으켜 테라 나인의 의식 속으로 직접 임무를 부여 했다.

부여한 이무가 모두 세 가지였기에 탱크를 비롯한 세 사람이 각자 하나의 팀을 만들어 임무를 수행하도록 했다.

"가라!"

파파파파팟!

장내에 있던 테라 나인이 일제히 사라졌다.

테라 나인을 권속으로 두면서 내가 가진 권능의 일부도 나누어 주었기에 공간 이동이 가능해 진 것이다.

— 젠장!

— 왜 그러십니까?

— 여기에 머물러야 하는데 안내해 줄 사람을 하나도 남겨 두지 않았잖아.

— 이미 어디인지 아시지 않습니까?

입체 조감도를 통해 일상생활을 하는 곳은 파악해 두었다.

그리고 우리를 위해 비워 놓은 공간도 확인한 터라 문제가 없지만, 누군가의 안내 없이 직접 찾아 가려니 조금 그랬다.

걱정을 하고 있던 찰나 누군가 회의장 안으로 들어왔다. 수뇌부 중에 여성이 세 명 있었는데, 그중 두 명이었다.

"머무실 곳을 안내해 드리러 왔습니다."

"그런가. 이름이 어떻게들 되지?"

"저는 안나라고 하고, 이 사람은 제시카라고 합니다."

"머물 곳을 안내 주도록."

"저희를 따라 오십시오."

안나와 제시카의 인도로 일상생활을 하는 곳으로 향했다. 식구들과 아저씨들이 말없이 굳은 표정으로 내 뒤를 따라 나섰다.

일상생활 공간은 산맥 안쪽에 위치해 있었는데, 구획을 지어 업무 공간과 차단하고 30개 층 전체를 조성해 놓고 있었다.

1개 층이 거의 10여 미터에 달하는 곳이라 상당히 큰 공간이었다. 지상과 가까운 층에는 위락 시설과 공용 시설이, 그리고 지하 쪽에는 주거 공간이 마련되어 있었다.

10층 마다 커다란 공용 공간이 존재했는데, 각종 식물이 자라는 공원으로 꾸며져 지상이나 다를 바 없는 곳이었다.

회의장을 나와 주거 공간으로 간 후 안나와 제시카가 안내한 곳은 고속 엘리베이터가 있는 곳이었다.

전용 엘리베이터로 가는 동안 주변을 살펴보니 태양 역할을 하는 인공조명과 늘어선 주거지는 미래의 주거 공간을 보는 것 같았다.

"여기에 타시면 됩니다. 그리고 앞으로 전용 엘리베이터를 이용하셔야 하니 인식이 필요합니다."

"그렇게 하지."

보안장치가 있어 인식된 이들만 사용이 가능하도록 만들어진 것을 알기에 안나의 제의에 따랐다.

일반적으로 사용되는 현대식 보안장치가 아닌 마법으로 작동되는 것이라 아무나 이용할 수 없는 것이었다.

내가 먼저 인식을 마치고 사람들이 차례대로 인식을 했다.

마법적인 장치인지라 혹시나 몰라 젠을 불러 새로운 마법을 추가했기에 나와 식구들, 그리고 아저씨들만이 이용할 수 있을 터였다.

"인식이 끝났으니 작동을 할 겁니다. 저희들은 같이 갈 수 없으니 올라가시면 됩니다. 필요한 것은 다 갖추어져 있지만 부족한 것이 있을 테니 연락을 주시면 구비해 두도록 하겠습니다."

"누가 가져다주는 거지?"

"안가 형식으로 만들어진 곳으로 사람이 가지는 않습니다. 별도의 화물용 엘리베이터가 필요한 것들을 나르게 될 겁니다."

"알았다."

보안장치가 되어 있겠지만 아무래도 화물 엘리베이터도 손을 봐야 할 것 같다.

"그럼, 올라가십시오."

고속 엘리베이터를 타고 위로 올라갔다.

엘리베이터의 문이 열리고 머물 공간에 도착해 보니 상당히 잘 만들어진 곳임을 알 수 있었다.

— *괜찮군.*

— *그렇습니다. 태양광을 여기까지 끌어들인 것을 보면 신경을 쓴 것 같습니다.*

우리가 머물 곳은 지상과 가까운 곳이었는데, 자연 채광을 직접 받을 수 있게 설계되어 있을 뿐만 아니라 지상으로 나갈 수 있는 별도의 통로도 갖추어져 있는 곳이었다.

— *복층으로 되어 있고, 올라가면 별장으로 통하게 되어 있군.*

— *설사 침입자가 지상의 별장을 통해 들어온다고 해도 여기까지 들어 올 수 없도록 되어 있는 것을 보니 꽤나 세밀하게 준비된 것 같습니다.*

별장에서부터 우리가 있는 공간까지 들어오려면 아홉 개의 결계와 현대식 보안 장치를 뚫어야 한다.

결계의 수준과 무지막지한 보안장치로 볼 때 초월자라도 큰 피해를 입어야만 도달할 수 있을 정도로 방어 시설이 잘 된 곳이었다.

"모두 힘들었을 텐데 다들 편히 쉬시면 될 겁니다."

내 말을 들었음에도 가족들이나 아저씨들의 표정이 풀리지 않았다.

가이아가 나타나고 갑자기 내가 사라졌다가 다시 나타난 것도 그렇고, 갑자기 명령을 내리고 이곳으로 오기까지 아무런 설명이 없었으니 그럴 만도 했다.

"걱정을 하셨던 모양이군요. 궁금하신 것이 있으시면 물어보세요."

"아까 네가 사라진 후 어떻게 된 거냐?"

아버지가 굳은 어조로 물었다.

"가이아의 뜻을 들어 주기로 했어요."

"가이아가 공간 왜곡장을 펼쳐 너와 단둘이 있었던 것 같은데, 정말 아무 일도 없었던 것이냐?"

"하하하, 정말 아무 일도 없었어요. 아버지."

"하지만……."

"제가 사라지고 난 뒤에 회의장에서 무슨 일이 있었던 건가요?"

"있었다. 네가 사라지고 난 뒤 다들 고통에 겨워 몸을 떨기 시작했다. 비명이 난무하지는 않았지만 엄청나게 괴로워하는 모습을 보면서 저절로 고통이 느껴질 정도로 처절하게 말이다."

"후후후, 저에게 그런 일은 없었으니까 안심하세요."

"가이아께서 무척이나 진노한 것 같은데……."

장모님이 떨리는 목소리로 말했다. 아바타 역할을 맡기려다만 것 때문인지 가이아와 연결이 되었던 경험으로 인해서인지 모르지만 장모님이 무척이나 불안해 보였다.

"이리로 오세요, 장모님."

"왜 그러나? 사위."

"죄송하지만 이마에 손을 좀 댈게요."

"그, 그러게."

장모님이 허락하셨기에 이마에 손을 대고 의지를 불러 일으켰다.

— 젠, 장모님도 손을 봐야겠지.

— 그분뿐만 아니라 여기 계신 모든 분들게 손을 쓰셔야 할 것 같습니다. 잘못했다가는 가슴 아픈 일이 발생할지도 모르니 말입니다.

— 그러는 것이 좋겠군.

젠의 의견은 타당한 것이다. 한순간에 초월자들의 의식을 바꾸고 정신 계열의 징벌을 가할 정도의 권능을 지닌 가이아라면 무슨 짓을 할지 모르니 말이다.

장모님의 의식을 안정시키며 의지의 씨앗을 하나 심었다. 전적으로 방어에 특화된 힘과 권능이 담긴 의지였다.

"안전을 위해 다른 분들도 모두 이마를 만질 테니 그렇게 하게 해주세요."

장모님에 대한 조치가 끝난 후 내가 안전조치를 한다고 말하자 다들 고개를 끄덕였다. 연미를 제외하고 차례차례 필요한 조치를 취했다.

다들 나를 믿고 있어서인지 별다른 어려움 없이 조치를 마칠 수 있었다.

"가이아가 신에 버금가는 존재이기는 하지만 회의장에서 보신 것처럼 할 수 없게 만들었으니 다들 안심하셔도 될 겁니다."

"연미는 왜 하지 않는 건가? 사위."

아바타로 만들기 가이아의 의지가 강하게 깃든 장모님이다. 가이아가 나타나는 순간부터 정신을 차릴 수 없으셨을 것이다.

범접할 수 없는 강렬한 존재감으로 인해 자신을 상실할 정도까지 갔던 장모님이 정신을 차릴 수 있었던 것은 내가 있었기에 가능한 일이었다.

이제 가이아의 의지를 완전히 몰아낸 후라 연미가 걱정이 되었나 보다. 당신이 겪은 것이 있으니 지금도 불안한 눈빛이시다

"연미는 벌써 조치를 해뒀어요, 장모님. 설사 신이라 할지라도 연미를 어떻게 할 수는 없을 거예요."

"그랬군, 사위. 앞으로도 우리 연미를 잘 보살펴 주게. 내 사위만 믿겠네."

"예, 장모님."

내 대답이 마음에 들었는지 장모님이 환하게 웃으신다. 연미와 거의 차이가 없는 동안에 환하게 웃는 모습을 보니 장인어른이 참 복이 많다는 생각이 들었다.

"아직은 안정이 되지 않았을 테니 좀 쉬세요. 자세한 이야기

는 쉬시고 난 다음에 해드리도록 할 게요. 자……."

우리가 머물고 있는 공간은 상당히 넓다.

거실로 사용되는 공간이 두 곳이나 되고, 사무실도 세 개나 된다. 거기다가 욕실이 딸린 침실로 사용되는 공간이 무려 열다섯 개였다.

용도에 맞춰 각자의 방을 배정해 주었다.

장모님 내외가 사용하실 방과 처제들이 사용할 방들을 지정하고, 아저씨들이 사용할 곳을 지정해 주었다.

장모님 내외와 나와 미연이만 빼고 모두 각자의 침실을 배정받았지만, 아버지와 미령 아주머니가 문제였다.

미영 아주머니가 아버지와 한 방을 쓰고 싶다고 선언하고 나선 것이다.

"미, 미영 씨."

"더 이상 못 참아요. 감옥 같은 곳을 빠져나와 자유를 되찾았으니 이제부터 당신이 내 인생을 책임져요."

"미영 씨!"

"남자가 뭐 그래요. 여자가 먼저 고백하게 만들고. 더 이상 기다릴 수 없어요. 난 그렇게 결정을 내렸으니까 내가 하자는 대로 해요."

'화이팅!'

미영 아줌마가 강력하게 밀어붙이신다.

미영 아줌마도 아셨나 보다. 아버지가 자신으로 인해 희생된 사람들 때문에 세상에 별다른 미련이 없다는 것을 말이다.

사실 가이아의 영향력을 벗겨내며 한 가지 손을 썼다. 아버지는 위험할 수 있기에 미영 아줌마의 열망을 자극한 것이다.

약간의 자극만 준 것인데 이렇게 적극적으로 나설 줄은 나도 미처 예상하지 못한 일이다.

'제가 초월적인 존재로 거듭났다고 해서 다른 생각 품지 마세요, 아버지. 아버지께서는 책임질 것이 아직 남아 있는 것 같으니 말이죠. 그리고 행복도 찾으시고요.'

미적거리는 아버지의 손을 미영 아줌마가 덥석 잡더니 지정된 방으로 끌고 들어가신다.

— 미영 아줌마, 전 찬성이에요. 그리고 여기, 방음은 완벽한 것 같아요.

살짝 텔레파시를 보내니 미영아줌마의 얼굴이 살짝 붉어진다.

"흠! 흠! 우리도 들어가야겠군."

"어서 들어가요. 너희들도 방에 들어가서 쉬어라. 자세한 설명은 나중에 해줄 테니 말이다."

"예, 엄마."

"알았어요."

두 분이 실랑이를 지켜보던 처가 식구들이 입가에 미소를 띠우며 각자의 침실로 들어갔다.

"우리도 들어가지."

“칫!”

강신 아저씨의 말에 아저씨들도 부러움이 섞인 눈으로 방으로 들어가는 아버지를 한 번 보더니 각자의 침실로 향했다.

“이제 끝났군.”

“그래, 이제 끝난 것 같으니 우리도…….”

연미가 어색한지 말끝을 흐렸다. 당연한 것처럼 한 침실을 잡았으니 어색하기도 할 것이다.

“다들 씻고 주무실 테니 우리도 들어가자. 시차에 적응하려면 잠만큼 좋은 것이 없으니 말이야.”

“그, 그래.”

머뭇거리는 연미를 이끌고 침실로 갔다.

— 젠, 화물 엘리베이터도 손을 봐줘. 그리고 설치되어 있는 감시 장비들도.

— 염려하지 마십시오, 마스터. 편히 쉬십시오.

젠의 사념을 들으며 방으로 들어갔다.

“욕실이 저기니?”

“응.”

“나 먼저 씻을 게.”

침실로 들어선 후 연미는 곧장 샤워실로 들어갔다. 방에서 기다리자니 조금 있다가 연미가 나왔다.

‘이쁘다.’

준비가 되어 있었는지 흰색의 가운을 입고 나왔는데 무척이나 설레는 모습이었다.

"나, 나도 씻을 게."

샤워를 한 지 오래 되어서 나도 곧바로 들어가 씻었다. 샤워실에 남아 있는 연미의 체취가 가슴을 쿵쾅거리게 만든다.

비누를 묻혀 몸을 씻은 후 준비된 가운을 입고 샤워실을 나섰다.

커다란 침대에 목까지 이불을 뒤집어 쓴 연미의 모습이 보였다.

'후후후, 이런.'

만반의 준비를 하고 기다리고 있는 모습이 귀엽고 예쁘기는 하지만 지금은 연미의 바람을 들어 줄 수 없다.

침대로 다가가 연미의 이마에 키스를 했다. 전과는 달리 아무 말도 못하고 얼굴만 붉어지는 연미다.

"지금은 아기 때문에 참아야 해."

"으음."

"안고만 자자."

연미가 부끄러워 할까봐 반대편으로 돌아가 가운을 벗고 침대 안으로 들어갔다.

팔을 내밀자 연미가 안겨 온다.

'후후후, 다 벗었군. 고욕이겠지만 참아야겠지.'

부드러운 연미의 살결에 욕념이 솟아올랐지만 아기를 위해서 참아야 할 때다. 에테르 폭풍이 잠잠해 지면 모를까 말이다.

팔을 베고 안겨 있는 연미의 등허리를 쓰다듬어 주었다. 자꾸만 품 안으로 파고드는 탓에 고욕이었지만 참을 만했다.

육체적으로나 정신적으로 많이 피곤했는지 조금 있다가 연미가 잠이 들었다.

— 젠.

— 예, 마스터.

— 지구와 브리턴, 그리고 일곱 세계의 에테르와 차이 나는 다른 종류의 기운을 한 번 검색해 봐.

— 범위는 어디까지로 잡을 까요?

— 나와 연결이 된 세계 전부 다 검색해.

— 시간이 조금 걸릴 것 같습니다.

— 알아. 시간이 걸리더라도 샅샅이 뒤져. 아무래도 가이아가 달라진 것을 보면 외계의 영향이 있는 것 같으니 말이야.

— 창조주의 영역 밖에 존재하는 또 다른 존재를 염두에 두신 겁니까?

— 그래. 창조주가 자신이 만든 세계를 버리고 떠난 것도 그렇고. 아무래도 이상해.

— 그럼 각 세계의 마나 마스터들도 조사를 해보겠습니다.

— 위험할 텐데?

— 마스터 덕분에 저도 변하고 있습니다. 그리고 마스터의 계획을 완성하려면 모험도 필요합니다.

— 그래, 알았어. 그나저나 화신이나 골렘은 어때?

— 마리오네트는 아바타까지는 아니지만 거의 비슷한 수준까지 성장을 시킬 수 있을 것 같습니다.

— 카르마가 상당하던데 괜찮겠어?

— 그 정도는 충분히 감당할 수 있습니다. 맥없는 인형보다는 써먹기 좋을 겁니다. 골든 게이트에 침투시키면 제법 쏠쏠한 활약을 할 수 있을 겁니다.

— 알았어.

— 그리고…….

— 뭐지?

— 골렘을 커스터마이징하기 위해서 마스터께서 한반도에서 확보하신 것들이 필요합니다.

— 그렇게 해.

— 그것이…….

— 다른 것도 있나?

— 아닙니다. 다만 양이 좀 많습니다. 이번에 얻은 것뿐만이 아니라, 여덟 기를 새로 제작하고 싶습니다.

— 각 세계마다 배치를 할 생각이군.

— 그렇습니다.

젠이 욕심이 생긴 것 같다.

각 세계의 마나 마스터들도 그렇고, 지구와 브리턴의 초월적인 존재들도 염려스러워 골렘을 더 만들고 싶어 하니 말이다.

방비를 해 둬서 나쁠 것이 없으니 젠이 하고 싶은 대로 하기로 했다.

— *마음대로 해. 내 아공간과 젠의 아공간을 연동시켜 놓을 테니까 원하는 만큼 가져가. 어차피 공짜로 얻은 것들이니까 말이야. 부족하면 말하고.*

— *감사합니다, 마스터.*

— *젠, 앞으로 삼 년 정도가 우리가 얻을 수 있는 최대의 시간일 거야. 정보가 모이는 대로 시작을 할 생각이니까 그것도 준비를 해두고.*

— *각 세계의 인과율 시스템은 이미 연동을 시켜 놨습니다. 격을 가진 존재들도 알아차리지 못하는 사이에 마스터의 계획이 완성되어 있을 겁니다.*

— *그래, 격을 가진 존재들이 알아차리지 못하게 하는 것이 최대 관건이니까 신경을 써야 할 거야.*

— *염려하지 마십시오. 마스터.*

— *이제는 좀 잘 테니까 상황이 발생하면 깨워줘.*

— *예. 마스터.*

지금은 자야 할 시간이다. 어차피 당분간 별다른 변동 사항은 없을 것이다. 쉴 때 쉬는 것도 필요한 일이다.

차훈과 일행이 시차 적응을 위해 잠이 든 시간, 비밀 기지는

부산하게 움직였다.

세계 곳곳에 산재한 게이트들의 변화를 우선적으로 파견하고 자신들과 연결이 된 인맥을 최대한 동원에 정보를 파악했다.

그동안 비밀리에 구축해 놓은 위성 통신망과 에테르 감지기가 그 와중에 큰 활약을 했다.

각 이면 조직이 가지고 있는 것들의 장점을 모아 개발된 최신의 것들이었기에 빠르고 정확하게 정보를 수집할 수 있었다.

차훈에게 보고하기 위한 정보들이 차곡차곡 쌓이기 시작했다. 전 세계를 대상으로 한 것이라 방대하기 그지없는 정보들이 모이고 있었다.

비밀 기지에서의 움직임도 분주했지만, 차훈의 명령을 받고 세 개 조로 움직이고 있는 테라 나인도 무척이나 바빴다.

가장 먼저 움직인 것은 탱크였다. 그는 자신의 팀원들과 함께 네바다 주의 51구역으로 가서 외계의 존재들에 대한 정보를 탐색하고 있었다.

미국과 골든 게이트가 가진 힘을 빠르게 업그레이드시켜 세계 패권 국가로 만든 비밀이 51구역에 있다는 것을 알고 있는 차훈의 명령을 수행하고 있는 것이다.

유리안과 그의 팀원들은 샴발라가 있다고 전해지는 천산산맥으로 향했다. 태초의 존재들이 문명을 건설했다는 이상향인 샴발라를 찾아간 것은 고대에 벌어졌던 격을 가진 존재들 간의 전쟁에 대해 알아보기 위해서였다.

제레미도 바쁘기는 마찬가지였다.

그와 조원들이 간곳은 잃어버린 신화가 가장 많이 존재하는 인도였다.

무려 1,000여 명의 신들을 섬기는 곳이 인도다. 세계 종교의 원형이라고 일컬어지는 인도의 신들을 조사해서 잠들어 있는 신화를 찾으려는 것이었다.

다른 이면 조직들의 능력자들이 지구에 불어 닥친 에테르 폭풍으로 움직일 수 없을 때 잃어버린 신화들을 확보하기 위해서였다.

여기에는 차훈의 기억이 많이 작용했다.

회귀 전에 러시아의 비밀 연구소에서 실험체로 머물 때 연구원들로부터 간간히 전해들은 정보를 토대로 조사를 지시했기 때문이었다.

초월자에 근접한 능력을 지니고 있는 제레미의 성과는 매우 컸다. 차훈이 내린 명령을 전부 이행할 수 있었다.

잃어버린 신화가 발견된 장소를 차훈히 전부 특정해 주었기에 권능이 담긴 유물들을 전부 얻을 수 있었던 것이다.

그렇지만 예상하지 못한 일도 일어났다. 사건이 발생한 것은 유리안과 그의 팀원들이 파견된 곳이었다.

샴발라와 인접한 지역을 마지막으로 차훈이 말해준 신화를 간직한 유물들을 모두 얻은 직후, 비밀 기지로 돌아가기 전에 팀원들과 잠시 쉬고 있던 제레미는 유리안으로부터 보내진 구조 신호를 받을 수 있었다.

제레미는 팀원들을 이끌고 급히 샴발라가 있는 곳으로 이동을 했다.

마음이 급했지만 새롭게 열린 게이트의 영향이 직접적으로 영향을 미치는 곳이었기에 한 번에 공간 이동을 할 수는 없는 상황이었다.

짧은 거리를 여러 번 공간 이동한 제레미는 연락을 받은 지 20여 분 만에 약속된 장소에 도착할 수 있었다.

천산산맥 인근에서 유리안이 피신해 있는 동굴 입구를 발견한 제레미는 입구에 쳐진 결계를 해제하고는 곧바로 안으로 들어갔다.

뒤를 따라 오던 팀원들이 다시 결계를 수복하는 것을 확인해야 하지만 마음이 급했던 제레미는 서둘러 안쪽으로 향했다.

동굴 깊숙한 곳에 다다르자 부상을 입은 유리안과 테라 나인을 볼 수 있었다.

초월에 영역에 들어선 유리안은 양팔과 다리가 부러진 채 바닥에 누워 있었고, 팀원들은 입가에 피를 흘린 채 의식을 잃고 있었다.

"어떻게 된 일이야?"

"크으, 제레미. 전쟁이 시작된 것 같다."

"전쟁이 시작되다니?"

에테르 폭풍으로 인해 격을 가진 존재들이 움직일 수 없는 상황에서 전쟁이 시작되다니, 믿을 수 없는 이야기였다.

"그, 그것이……."

대답을 하려던 유리안이 정신을 잃었다.

"제길! 일단 치료부터 하자."

느껴지는 바이탈로 봐서 팀원들도 상당한 부상을 당했지만 유리안의 상세가 제일 급했다.

스스로 치료할 수 없을 정도로 부상을 당한 상태라 치료가 우선이었기에 제레미는 치료 키트에서 주사제를 꺼내 유리안의 사지에 하나씩 약물을 주입했다.

그리고는 뒤이어 자신의 품에서 상자 하나를 꺼냈다.

'마스터께서는 이런 상황도 예측을 하신 모양이군.'

제레미는 잃어버린 신화의 권능이 남아 있는 유물을 찾으라는 지시를 받는 것과 동시에 한 가지 당부를 차훈에게서 들었다.

만약의 사태가 발생해 테라 나인이 부상을 입었을 경우 자신이 확보한 유물을 테라 나인에게 복용시키라는 당부였다.

자신을 비롯한 테라 나인이 복용할 유물도 지정해 주었는데, 지금 꺼낸 것은 유리안에게 지정이 되어 있는 것이었다.

차훈이 이미 이런 사태를 예측했다고 확신한 제레미는 상자를 열었다. 그리고 안에 들어 있던 보라색의 보석을 꺼내 유리안의 입에 집어넣었다.

'유물의 형태가 모두 보석의 형태라는 것이 이상했는데, 직

접 복용을 할 수 있는 것이었다니…….'

약간 벌려진 입 사이로 자신이 집어넣었던 보석이 천천히 녹아들며 안쪽으로 사라지는 것이 보였다.

침이 닿자 녹아버리는 것을 보면 일반적인 보석에 권능의 힘을 담은 것은 아닌 것이 분명했다.

핏기 하나 없이 창백하던 유리안의 얼굴에서 화색이 돌기 시작했다.

주술사들이 주술을 이용해 농축한 에테르가 들어 있는 주사액이 돕기 시작했는지 으스러진 유리안의 팔다리가 회복되기 시작했다.

"베타 팀원들의 부상을 치료해라."

경과를 지켜보던 제레미는 때마침 결계를 수복하고 안으로 들어오고 있는 팀원들을 향해 소리를 질렀다.

"치료 키트를 쓰고 이것은 심슨에게, 이것은 톰에게 각각 입에 집어넣어라."

"알았어요, 팀장."

제레미로부터 상자를 받아든 길과 마이클은 치료 키트를 꺼내 심슨과 톰에게 주사를 놓고는 상자를 열고 안에 든 보석을 입에 넣어 주었다.

심슨과 톰의 입에 들어간 보석들은 각각 검은색과 불투명한 백색이었다.

유리안과 마찬가지로 두 사람의 입에 들어간 보석들이 천천히 녹아내렸고, 주사한 농축에테르가 움직이기 시작하자 바이탈이 급격히 좋아지기 시작했다.

“이제 치료가 시작된 것 같으니 일단 입구로 가서 결계를 강화한다.”

초월자와 초월의 영역에 근접한 이들을 초주검으로 만든 존재들에 대한 염려 때문인지 제레미를 비롯한 세 사람은 곧바로 입구로 나가 결계를 강화했다.

결계에 대한 강화를 끝낸 제레미는 만약의 사태에 대비해 팀원들을 입구에 대기시킨 후 안쪽으로 돌아왔다.

제8 장

필요한 조치를 다 취하고 외상이 전부 회복이 되었는데도 불구하고 유리안은 정신을 차리지 못하고 있었다.

'우리와 연락이 닿은 것만 해도 천운이다.'

에테르 폭풍이 강해지기 전에 연락이 닿아서 다행이지 그렇지 않았다면 여기서 죽었을 것이 분명했다.

'에테르 폭풍의 직접적으로 영향을 미치는 곳이라 연락도 되지 않는데 걱정이군.'

급한 대로 응급처치를 끝내고 마스터가 지시한 대로 권능이 담긴 보석들을 복용시켰으니 곧 깨어날 테지만 걱정이 되지 않을 수 없었다.

상황이 점점 악화되고 있었다. 에테르 폭풍이 더욱 강해지고 있어 정신 감응은 물론이고 전자 장비도 제대로 작동되지 않는 지역이라 지원은 바랄 수조차 없었기 때문이었다.

"으음, 제레미."

"깨어났냐? 몸은 좀 어때?"

"괜찮은 것 같다. 그런데 어떻게 치료한 거냐? 치료 키트로는 이렇게 상태를 호전시킬 수 없었을 텐데 말이다."

"마스터께서 따로 준비해 두신 것이 있었다."

"마스터께서?"

"내가 얻은 것들 중에서 테라 나인이 위급할 때 복용시키라는 것들이 있었다. 아마도 그 때문에 회복이 된 것 같다. 네 수하들도 복용을 시켜 두었으니 조금 있으면 깨어날 거다."

"처음 놈들과 조우했을 때 우리를 사지로 밀어 넣었다고 생각했는데 그것이 아니었군."

"놈들이라니? 도대체 무슨 일이 있었던 거냐?"

태초의 존재들이 문명을 열었다는 샴발라에서 무슨 일이 있었는지 더욱 궁금해지는 제레미였다.

"우리가 결계를 열고 샴발라 안으로 들어서자. 강력한 괴물들이 나타났다."

"괴물?"

"전설에서 나오는 드래고니안과 같은 모습의 괴물들이었다."

"게이트를 넘어 다른 차원의 생명체가 건너왔다는 말이냐?"

제레미도 드래고니안에 대해 알고 있었다. 전체적으로 인간을 닮았지만 용의 머리와 꼬리가 달린 괴물들이었다.

드래곤과 인간 사이에서 태어났다는 드래고니안은 지구의 생명체가 아니라 게이트 너머에 있는 다른 차원의 생명체였다.

격을 지닌 존재들이 에테르 폭풍의 영향으로 인해 활동을 못하지만 다른 차원 존재들도 마찬가지다.

원래 속한 차원의 에테르를 가지고 있는 터라 에테르 폭풍에 노출되면 근원이 비틀려 소멸되고 마는데 건너와 있다니 이해가 되지 않았다.

"뭘 생각하는지 알지만 분명히 드래고니안이었다. 놈들은 나보다는 못하지만 팀원들이 가진 능력에 버금가는 강력한 힘을 지니고 있었다. 초월에 근접하는 생명체에 직립 보행을 하는 용머리는 드래고니안밖에는 없다, 제레미."

"네가 그렇다면 그렇겠지."

"그런데 도대체 몇 마리나 되었기에 네가 이렇게 된 거냐?"

"새카맣게 보였다. 놈들이 나타나자마자 우리를 순식간에 포위했는데 수를 헤아릴 수 없을 정도였다. 다른 존재들이 나타나지 않았다면 우린 거기서 죽었을 거다."

"다른 존재?"

"마치 골렘처럼 생긴 존재였다. 아니, 로봇에 가까운 형태라고 해야 하나? 엄청난 수의 강철 거인들이 나타나 놈들과 싸우지 않았다면 빠져 나오지도 못했을 거다."

"놈들의 추적은 없었던 거냐?"

"추적이 있었기는 하지만 다행이 놈들은 샴발라 외곽에 쳐진 결계를 넘지 못했다. 휴우, 그래서 이렇게라도 살아남을 수 있었다."

"도대체 얼마나 강하기에……."

"강하기도 하지만 두려움을 모른다. 그렇게 죽어나가면서도 악착같이 달려들었으니까 말이다."

"약이라도 빤 거 아냐?"

"협공하는 것도 그렇고, 조직적으로 싸우는 것을 보면 그런 것 같지는 않았다. 그냥 죽음 자체를 두려워하지 않는 것으로 보였다."

"피곤한 놈들이군."

차훈이나 가이아로 인해 각성을 하기 전에 게이트를 수도 없이 넘나들며 격전을 치렀던 제레미였다.

수많은 몬스터들을 상대했지만 주술사가 있는 놈들의 경우 버서커가 되어 막무가내로 달려드는 놈들이 제일 골치 아팠다.

그나마 제정신을 유지하지 못하는 몬스터들이라 어찌 처리를 하기는 했지만 유리안의 말대로 이성을 가지고 죽음을 두려워하지 않는 다면 굉장히 골치가 아플 수 있었다.

특히나 드래고니안이라는 종 자체가 드래곤의 피를 물려받아

지성을 가졌기에 난적이 될 가능성이 높았다.

"결계를 넘지 못했지만 상황이 어떻게 변할지 모른다. 어느 정도 몸을 추스른 것 같으니 여길 떠나야 한다."

동굴로 들어오기 전에 에테르 폭풍이 빠르게 강해지고 있는 것을 느꼈던 유리안은 빨리 떠나기를 원했다.

"아직 임무를 완수하지 못했잖아."

"임무도 임무지만 뭔가 심상치 않다."

"심상치 않다니 무슨 말이냐?"

"놈들과 상대를 하면서 알 수 없는 기파를 느꼈다. 아주 미세했지만 느끼는 순간 아주 기분이 더러웠다. 솔직히 무섭기도 했고 말이다."

"두려움을 느낄 정도의 기운을 느꼈다는 말이냐?"

"그래, 그 기운이 뭔지 모르겠지만 한 번도 느껴보지 못한 거다. 문제는 드래고니안을 치기 위해 나타난 놈들도 비슷한 기운을 풍겼다는 거다."

"그 골렘인지, 로봇인지 하는 놈들도?"

"그래, 놈들도 강하기는 마찬가지였다. 한 기가 드래고니안 서넛은 상대했으니 말이다."

"그럼 이곳을 떠나는 것이 우선이겠군."

"그래야 할 거다, 여기서 개죽음을 당하기 싫으면 말이야."

주변에 일고 있는 에테르 폭풍이 심상치 않았다. 샴발라의 외곽에 쳐진 결계가 계속해서 영향을 받는다면 뚫리지 말라는 법이 없었다.

두 사람이 자리에서 일어났다. 옆에 있던 제레미의 팀원들과 어느새 정신을 차린 유리안의 팀원들도 자리에서 일어났다.

동굴 입구로 향한 일행은 설치했던 결계들을 해제했다.

"에테르 폭풍이 장난이 아니군."

"그래. 그리 길지 않은 시간이었는데 너를 찾아 동굴에 들어올 때 보다 몇 배는 더 강해진 것 같다."

"최대한 경계를 해야 한다. 이 정도의 에테르 폭풍이라면 샴발라에 쳐진 결계가 무너졌을 수도 있을 테니까 말이다."

"그래야 할 것 같다."

예상치 못한 상황이 발생할 수도 있기에 제레미는 품에서 상자 두 개를 꺼냈다. 자신의 팀원인 길과 마이클에게 배당된 권능이 담긴 보석이 들어 있는 상자였다.

자신의 것도 전투 슈트의 품 안에서 손쉽게 찾을 수 있는 곳에 두었다.

"저게 뭐냐?"

"너에게 먹였던 것과 같은 보석이 들어 있는 상자다. 마스터께서 찾으라고 지시하셨던 권능이 담긴 유물이지."

"그렇군."

"뭐 이상한 것이라도 있냐?"

"상자 안에서 상당한 기운이 느껴져서 그랬다."

"상당한 기운?"

"너는 느껴지지 않는 거냐?"

"아무것도 느껴지지 않는다. 내가 보기에는 평범한 보석이 들어 있는 상자일뿐이지. 권능이 담긴 유물이라고 하더니 비슷한 것을 소유한 사람만 느낄 수 있는 것 같다. 네 팀원들도 움찔하는 것을 보면 말이야."

"그런 것 같다. 특별한 힘이 담긴 것이니 잃어버리지 않게 조심해라."

"알았다. 다들 잃어버리지 않도록 조심해라. 그리고 회복 불능의 상처를 입는 다면 곧바로 복용을 해라."

유리안의 주의를 들은 제레미는 팀원들에게 지시를 내렸다. 전투가 예상되는 터라 위험한 지경에 이르면 무조건 복용하라는 지시였다.

제레미가 앞장을 서고, 한층 강화된 전투 슈트였지만 드래고니안과의 전투로 걸레짝이 된 세 사람을 가운데 넣었다. 길과 마이클은 후위를 맡아 경계를 서며 조심스럽게 뒤를 따랐다.

— 아무것도 느껴지지 않는다. 에테르 폭풍 때문인가?

근거리라 텔레파시를 사용할 수 있는 탓에 통신이 가능했던 제레미는 아무런 기척을 느낄 수 없다는 사실이 의아해 유리안에게 물었다.

— 그럴 수도 있고, 아닐 수도 있다. 에테르 폭풍에 영향을 받지 않는 결계 안쪽에서도 드래고니안이 나타나기 전까지 놈

들의 기척을 전혀 느낄 수 없었으니 말이다.

— 아무래도 네가 느꼈다던 그 기운 때문일 가능성이 제일 높은 것 같군.

— 그런 것 같다. 이제 생각을 해보니 그 기운에서 권능을 느낀 것도 같다.

— 어쩌면 여길 빠져 나가는 것도 힘들지 모르겠군.

— 나타난 거냐?

— 내 전투 감각이 위기를 계속 말하고 있다. 이 근처에서 나타날 위험 요소라고는 네가 말한 그놈들뿐일 테니까.

정신감응 통신망을 개방해 놓은 터라 다들 두 사람의 텔레파시를 듣고 있었다.

다들 몸 안에 휘돌고 있는 에테르를 잔득 끌어 올린 언제든지 방어할 수 있는 준비를 했다.

파앗!

까가가가강!

뭔가 빠르게 나타났고 제리미가 휘두른 검에 튕겨져 나가는 모습이 시야에 들어왔다.

'전혀 기척을 느끼지 못했다고 하더니…….'

비늘이 덮인 피부에 용머리와 꼬리가 달려 있는 드래고니안이 사방을 포위하고 있었다.

자신도 모르는 사이에 포위를 당하고 있었을 줄은 몰랐기에 제레미가 인상을 찌푸렸다. 지금도 본능에 가까운 위기 감각을 끌어 올리지 않았다면 당하는 것은 자신이었을 것이다.

'유리안이 말한 기운이라는 것이 이것인가?'

스멀스멀 공포를 자극하는 기운이 드래고니안에게서 피어오르고 있었다.

'에테르와도 전혀 다르고 지금까지 전혀 느껴 보지 못한 기운이다. 그리고 권능일지도 모른다고 하더니…….'

권능이라고 하던 유리안의 말을 믿지 않았는데, 과장하지 않았다는 것을 알 수 있었다. 알 수 없는 기운과 함께 뻗어 나오는 강렬한 투기는 권능이 틀림없었다.

제레미도 초월의 영역에 발을 들인 후 투기를 사용할 수 있게 되었다. 투기가 유형화되었을 때, 모든 것을 부숴 버리는 일종의 권능이 된다. 의지가 있는 한 끝없이 싸우고 부숴 버리는 권능 말이다.

'놈들이 죽음을 완전히 도외시하고 싸웠던 이유가 투기 때문이로군. 죽음을 목전에 두고 벌이는 전투는 투기를 상승시키니 말이다.'

싸울수록 강해지고 거기다 의지를 이용한 공격이 가능해진다. 기운에 격이 생기고 이것은 권능이 된다.

죽음을 전혀 겁낼 필요가 없다. 생사를 도외시한 전투를 하며 죽음의 강을 살아서 건널 수만 없다면 투신이 되는 것도 어렵지 않으니 말이다.

— *다들 보석을 복용해라. 건투를 빈다.*

제레미는 죽음을 예감했다. 어차피 죽을 바에야 원 없이 싸워 보고 싶었다. 그 동안 억눌려 왔던 투기를 마음껏 발산하고 싶었다.

품에서 꺼낸 상자를 열고 안에 들어 있는 보석을 입에 넣었다. 침에 닿자마자 부드러운 솜사탕처럼 녹아내린 보석이 식도를 타고 내려가며 몸에 흡수되기 시작했다.

'으음.'

강렬한 기운이 느껴진다. 미증유의 힘을 품을 모종의 격도 함께 느껴진다.

'나만 느끼는 것이 아닌 건가?'

동료들은 둘러보니 다들 놀란 표정이 역력하다. 자신과 같은 현상이 일러나고 있음이 분명하다.

'유리안도 그렇고 심슨과 통도 겪고 있나 보군.'

보석에 담긴 권능의 힘을 느끼고 있는 것이 분명했기에 제레미는 손에 들고 있는 검에 힘을 주었다.

보석의 기운을 신체가 전부 흡수하자 의식을 잠식하던 공포스러운 기운이 사라졌다. 전신이 짜릿해지며 신경 한하나가 바짝 긴장한 채 감도로 최고조로 올렸다.

'느, 느껴진다.'

조금 전까지 전혀 느낄 수 없었던 드래고니안의 실체가 느껴지기 시작했다. 드래고니안이 거대한 기운의 덩어리처럼 느껴졌지만, 두렵다는 생각은 들지 않았다.

— 내가 먼저 돌파를 시작하면 재빨리 뒤를 따라라. 젖 먹던 힘까지 다해야 할 거다.

— 염려 마라. 뒤처지지는 않을 거니까.

슈슈슈슝!

제레미는 연신 허공에 검을 쳐냈다. 푸르른 섬광의 검인이 그리는 궤적을 따라 전장으로 날아갔다.

샤샤샤샤샥!

제레미의 전방에 있던 드래고니안들이 썰려 나갔다. 날카롭기 그지없는 제레미의 기운을 막지 못하고 있었다.

까가가강!

몇몇이 죽어나가자 정신을 차린 드래고니안이 제레미의 검을 방어했다. 에테르를 끌어올려 검이 그려내고 있는 오러 블레이드를 막은 것이다.

서걱! 서걱! 서걱!

오러 블레이드를 막아내던 드래고니안들도 제레미의 검과 접촉하자 일거에 베어졌다. 오러 블레이드를 넘어선 권능의 투기가 검에서 뻗어 나오고 있었기 때문이었다.

콰콰쾅!

유리안도 전투를 시작했고, 다른 이들도 마찬가지였다.

강력한 힘이 부딪치고 있는 탓에 강렬한 폭발음이 에테르 폭풍을 뚫고 사방으로 퍼져나갔다.

서로를 죽이기 위한 공방이 지속되었다.

그나마 다행인 점은 드래고니안들이 초월의 영역을 넘어서지 않았다는 것이었다.

만약 넘어섰다면 이렇게 반격을 가할 수는 없었을 것이다.

검에 겹쳐진 오러 블레이드의 초당 진동수가 1,000만을 넘는 제레미의 공격은 발군이었다.

정밀하게 이어지는 합공을 막거나 회피하며 일격에 하나씩 정면을 막고 있는 빠르게 드래고니안들을 정리하며 앞으로 나아갔다.

제레미를 선두로 쐐기 형태의 진형을 이루며 전진하는 일행들도 연신 적이 공격을 막고 베어냈다.

샴발라 안에서 세 명만으로 움직이던 때와는 확연히 달랐다. 초월자 둘이 중심을 잡으니 파도치듯 밀려오는 공격에도 진형을 유지하며 앞으로 나아가고 있었다.

'이상하다.'

30여 분이 넘는 동안 공방을 주고받으며 전진을 하던 유리안은 자신의 상태가 전과 달라졌음을 인지할 수 있었다.

샴발라에 들어가서 공격을 받았을 때는 채 10분이 지나지 않아 지쳤었는데 지금은 하나도 힘들지 않고 동굴에서 깨어났을 때보다 상태가 좋았다.

'으음, 전과는 완전히 차원이 다른 예지 능력이라니…….'

초월의 영역에 들어선 후 공격의 진로를 미리 예측할 수가 있었다. 최대 5분까지 예측이 가능한 터라 오버시어에 근접하는 능력이다.

그런데 지금은 얼마나 예측이 가능할지 알 수 없다. 집중을 한다면 이 장소에서 벌어지는 모든 일들을 예측할 수 있을 것 같았다.

'권능이 담긴 유물이라더니, 그 권능이라는 것이 내 능력을 증폭시키는 것이었나?'

본신의 에테르도 빠르게 늘고 있었지만 판단 능력이 예지에 가깝게 늘어났다.

'아직 모든 권능을 흡수한 것이 아니다. 만약 그렇게 된다면 나는 또 다른 존재가 된다.'

잃어버린 신화의 권능을 흡수하며 자신이 변화하고 있었다. 유리안은 권능의 흡수가 끝났을 때 자신은 격이 다른 존재가 될 것임을 알았다.

'심슨과 톰도 마찬가지다. 움직임이 점점 더 원활해지고 있는 것을 보며 각자 가지고 있는 능력이 진화하고 있는 것이 분명하다.'

오랫동안 호흡을 맞춰온 팀원들도 변화하고 있었다. 상황에 따라 적절하게 힘을 넣는 톰의 능력이 진화했다. 한 번에 두 명 정도가 가능했는데 전체를 커버하면서도 드래고니안의 공격을 여유롭게 막아내고 있었다.

심슨도 마찬가지다. 공격해 오는 드래고니안의 힘을 빠르게 떨어트린다. 진형의 주변에 접근하는 드래고니안들이 잠시 찰나지만 잠시 멈칫 거리는 것은 모두 심슨의 능력 덕분이다. 심슨도 마찬가지로 드래고니안의 공격을 적절히 막아내며 진형의 유지를 돕고 있다.

비록 짧은 순간이지만 심슨과 톰으로 인해 다들 여유가 생겼다. 걱정했던 것과는 달리 거의 피해를 입지 않으며 드래고니안들을 상대하며 전진하고 있었다.

샴발라에 들어갔을 때와는 천지차이나 마찬가지인 모습을 보이고 있는 것이다.

'제레미도 그렇고, 길과 마이크도 변하고 있다. 역시 그 권능이 담긴 보석 때문이겠지.'

능력이 진화하고 있지만 자신이라 할지라도 지금은 일격에 드래고니안을 반 토막 낼 수 없는데, 제레미는 달랐다.

제레미가 휘두르는 검격에 단단한 외장갑 같은 피부를 가지고 있는 드래고니안들이 잘라지고 있다. 더군다나 폭풍처럼 발산되는 투기로 인해 전면을 막아선 드래고니안 중에 물러나는 놈들이 있을 정도다.

길과 마이클도 마찬가지다. 지원이 특기인 자신의 팀원들과는 다르게 제레미처럼 공격적인 성향이 강한 길과 마이클은 연신 강력한 공격을 드래고니안들에게 선사하고 있었다.

길은 습기를 이용해 워터 볼을 만들어낸 후 드래고니안을 공격하고 있는 중이다. 워터 볼이 터지며 물방울들이 퍼지면 여지없이 전격이 몰아닥친다. 거의 빈사 상태에 이른 드래고니안들은 뒤를 따르는 심슨의 검이 심장이 꿰뚫어 버린다.

마이클의 공격도 무시무시하다. 마이클의 손길을 따라 남색의 영사가 허공을 누빈다.

강철도 녹이는 독기에 닿은 것은 모조리 녹아 버린다. 남빛의 기운에 닿은 드래고니안들이 처절한 고통에 비명을 지르며 움츠리면 톰의 검이 심장을 잘라 자비를 베푼다.

'대단한 놈들이다.'

삼발라에서의 전투와는 비교도 할 수 없을 만큼 많은 수가 죽음의 강을 건너고 있음에도 드래고니안들은 공격을 멈추지 않았다.

'족히 천은 잡은 것 같은데 아직도 까마득하다니…….'

포위망이 무척이나 두터웠다. 죽음을 선사하며 계속해서 전진하고 있는데도 포위망이 뚫릴 생각을 안했다.

'잘못하면 같은 상황에 놓일 수도 있다.'

삼발라의 전투에서 나타난 로봇 같은 골렘들을 생각한 유리안은 마음이 급해졌다.

이제 예지에 가깝게 성장한 능력을 통해 드래고니안의 공격 패턴이 아주 미묘하게 바뀌었다는 것을 알 수 있었던 것이다.

'놈들이 마음이 급해진 것을 보면 틀림없다.'

자신이 큰 부상을 입게 된 것도 은밀히 나타난 골렘들 때문이었기에 유리안은 텔레파시를 통해 제레미와 정신감응을 시도했다.

— 제레미, 로봇 같은 놈들이 나타날지도 모르니 주의해라.

— 걱정하지 마라.

제레미도 자신과 팀원들의 변화를 느끼고 있었기에 자신만만하게 대답했다.

계속해서 성장하는 투기라면 충분히 상대할 수 있다고 판단을 한 것이다.

무엇보다 강렬한 투기가 새롭게 나타날 적의 출현을 반가워하고 있었다.

콰콰콰쾅!

멀리서 폭발음이 들려오더니 포위 진형이 흔들리기 시작했다. 폭발음은 사방에서 들려왔는데, 골렘들이 드래고니안을 포위 한 것이 분명했다.

— 샴발라에서는 골렘의 수가 훨씬 적었는데 폭발음을 보면 거의 동수가 포위하고 있다.

유리안은 골렘의 전력이 꽤 커졌다는 것을 텔레파시로 모두에게 전했다.

— 한 번 해보자.

포위망을 뚫자면 걸리적거리는 것은 모두 제거해야 했다. 드래고니안이나 골렘이나 모두가 자신들의 적이었기에 다들 투지를 불태웠다.

얼마 지나지 않아 골렘들이 나타났다. 우리와 조금 떨어져 있었지만 눈으로 확인해니 최소한 4미터가 넘는 신장을 가진 존재들이었다.

— *정말 로봇 같군.*

SF 애니메이션에서 볼 것만 같은 거구의 아이언 골렘들의 어깨에는 발사체로 보이는 것들이 달려 있었다.

발사체에서 섬광이 연이어 뿜어져 나왔다. 섬광이 닿은 곳은 폭탄이 터진 것처럼 폐허가 되었다.

— *아직은 여유가 있다. 만만치 않은 놈들이니까 주의해라.*

강력한 폭발로 존재감을 드러낸 로봇들이지만 아직 위험 구역으로 들어온 것은 아니다.

드래고니안들의 저지가 만만치 않은 듯 나가오는 속도는 꽤나 느렸다.

— *알았다. 하지만 내 칼이 들어가지 않을 것 같지는 않군.*

골렘답지 않게 갈력한 살기를 흘리며 한 번에 서너 마리의 드래고니안을 상대하고 있었지만, 제레미로서는 그다지 위협을 느끼지 못했다.

— *드래고니안들이 주춤할 때 속도를 내자.*

— *그러지.*

쫘아아!

말이 끝나기 무섭게 제레미가 강력한 투기를 발산했다.

능력이 진화하기 시작한 후 조심스러워 일부만 사용하고 있었지만 그럴 필요가 없을 것 같아서였다.

다른 이들도 마찬가지였다. 유리안은 강력한 의지를 발휘해 예지나 마찬가지인 느낌을 정신감응을 통해 일행들과 공유하도록 했고, 팀원들도 각가 가진 능력을 최고조로 끌어 올렸다.

그것은 새로운 경험이었다. 자신이 아닌 다른 존재로서의 경험이었다.

여섯 명에게 흘러나오는 기운이 변하기 시작했다. 조금 전까지는 단순히 강해진 것이라면 지금은 격 자체가 달랐다.

죽음을 불사하고 달려들던 드래고니안들도, 무지막지한 살기를 풍기는 골렘들도 멈칫할 정도로 강력한 권능의 향기였다.

여섯 명이 내젓는 손짓을 따라 달려드는 드래고니안들이 빠르게 죽어나가기 시작했다.

제레미의 검은 한 번에 대여섯씩의 드래고니안을 갈라 버렸다. 일격에 상대의 숨통을 끊지 못하던 팀원들도 한 번에 두셋씩 드래고니안들을 죽음으로 이끌고 있었다.

시간이 조금 지나 드래고니안이 구축한 포위망을 일부 뚫고 도착한 골렘들도 마찬가지였다. 테라 나인의 공격에 박살이 나거나 녹아버렸다.

드래고니안을 상대하며 상위의 격을 갖기 시작한 테라 나인은 훨씬 강해져 있었기 때문이었다.

워낙 많은 수가 포위를 구축하고 있었던 터라 전투는 계속해서 이어졌다.

예상한 대로다. 나와 젠의 감각에도 걸리지 않았던 두 곳 중 하나에서 외계의 기운을 쓰는 존재들을 발견했다.

에테르를 나와 연결된 세계와는 다른 방법으로 이용하는 놈들이다.

에테르를 세계와 주고받으며 키워나가는 방식이 아니라 이놈들은 아예 소멸시키듯 사용하며 권능에 가까운 능력을 발휘하는 존재들이다.

— 맞는 것 같지?

— 그런 것 같습니다, 마스터. 저건 창조주의 방식이 아니라 다른 방식입니다. 창조주가 구성한 차원과는 다른 외계에서 온 존재들이 분명합니다.

— 그래도 베이스는 창조주의 것이 맞는 것 같은데.

— 드래고니안과 골렘이라는 형태를 갖추고는 있지만 본질적으로 다릅니다. 핵이 되는 기운이 이 세계의 것이 아니니 말입니다. 그렇지만 상황을 보면 외계의 정신체가 오래 전부터 침입해 있었던 것 같습니다.

— 일단 단서는 잡은 것 같군. 그나저나 탱크 쪽은 어때?

— 별다른 접전이 일어나지는 않은 것 같습니다. 그곳은 염려하신 존재들이 없는 것 같고 말입니다.

— 그나마 다행이로군. 그나저나 이놈들이 새로운 게이트를 열고 나온 것인지 다시 한 번 확인을 해 봐.

— 시베리아나 바이칼 호의 게이트와는 연결된 접점을 확인할 수 없었습니다. 마스터의 예상대로 샴발라에 누구도 알지 못하는 비밀 게이트가 있었던 것이 분명합니다.

— 샴발라 안은 아직 들여다 볼 수 없는 건가?

— 결계가 무너졌지만 아직 입니다. 결계 대신 외계의 기운이 가득해서 들여다 볼 수 없는 상황입니다.

— 일단 넘어온 놈들은 다 제거될 것 같은데, 다른 존재들이 넘어올 가능성은 없나?

— 샴발라가 외계의 기운에 잠식이 되기는 했지만 저놈들이 넘어올 때보다는 현저히 적은 상태라 현재로서는 없는 것 같습니다. 외계의 존재가 게이트를 여는 방법이 에테르를 소멸시켜서 여는 것이니 말입니다.

— 게이트를 열 만한 양이 축적되면 언제든지 열릴 수 있다는 뜻이기도 하군.

— 그렇습니다.

비밀 기지에 있다가 이상을 느끼고 곧바로 공간 이동을 해왔다. 잠이 든 연미를 보며 아쉬움을 느끼기는 했지만 급한 일이라 서둘렀다.

테라 나인이 게이트를 넘어 온 존재들을 상대하는 것을 보면서 여유가 있어 주변을 살폈다.

예상을 한 대로 외계의 침입이었기에 조치를 취해야 할 차례였다.

— *일단 결계를 쳐두어야 하겠군.*

— *효과가 있는 것 같으니 그러시는 편이 좋겠습니다.*

샴발라에 쳐진 결계가 상당한 시간 동안 놈들이 벗어나는 것을 막아왔다. 에테르를 기반으로 구축이 되는 결계지만 외계의 기운을 막는데 효과가 있다는 뜻이다. 효과가 있다면 쓰지 않을 이유가 없다.

— *도와줘, 젠.*

— *알겠습니다, 마스터.*

샴발라 주변에 결계를 형성해 나갔다.

'결계 밖으로 빠져나간 놈들을 테라 나인이 빠르게 정리해 주고 있어서 다행이군. 그렇지 않았다면 성가셨을 텐데 말이야.'

게이트를 넘어온 놈들이 전부 결계를 넘어 테라 나인을 공격하고 있었기에 방해 없이 결계를 형성할 수 있었다.

— *다 끝났군.*

— *적어도 한 달 이상은 버텨줄 수 있을 겁니다.*

— *버티기야 하겠지만 혹시나 모르니 젠이 실시간으로 감시를 하도록 해.*

— *예, 마스터.*

— *그나저나 다들 꽤 쓸 만해진 것 같은데?*

— 그런 것 같습니다, 이대로 전투가 진행이 되면 완전히 각성이 될 것 같습니다.

— 그래야겠지.

제레미가 무사히 임무를 완수해 준 것과 외계의 존재들과 전투를 한 덕분에 예상보다 빠르게 테라 나인이 각성을 했다.

탱크 일행도 기지로 돌아왔을 때는 신성의 노바를 얻어 각성을 할 테지만 저들보다 성장 속도는 느릴 것이 분명했다.

— 이제부터 전투를 지켜보도록 하자. 위험할 것 같으면 도와야 하니 말이야.

— 예, 마스터.

— 그리고 저것들 한 번 생포하도록 해봐.

— 알겠습니다, 마스터.

외계의 기운을 가지고 있지만 그저 외계의 존재라 치부할 수만은 없다. 지구나 다른 세계의 존재들과 연관이 있는지 반드시 확인을 해야 했기에 젠에게 생포하도록 했다.

아공간이 아니라 새로운 공간을 생성하는 것이 가능한 젠이니 살려서 잡을 수 있을 터였다.

얼마 지나지 않아 전투를 벌이고 있는 테라 나인 모르게 각각 열 개의 개체들이 소리 없이 사라졌다.

슈슈슈슝!

허공을 격하고 여러 종류의 기운이 드래고니안과 골렘을 향해 쇄도했다.

콰콰콰콰콰콰콰쾅!

강력한 폭발음을 동반한 죽음의 기운 장내에 몰아닥쳤다.

미증유의 거력이 몰아닥친 현장은 무척이나 참혹했다. 부서지고 찢겨진 드래고니안과 골렘의 잔해들이 사방으로 비상했다.

여섯 명이 합심해 떨쳐낸 기운이 주변을 황폐한 폐허로 만들었다.

적들이 전멸한 것은 아니었다. 그 와중에도 살아남은 드래고니안과 골렘들이 일행을 향해 달려들었다.

처참하게 늘어선 주검들의 모습에도 아랑곳 하지 않고 제레미는 검을 휘둘렀다.

"차앗!"

기합과 함께 제레미의 쌍검에서 뻗어 나온 거대한 오러 블레이드가 대기를 갈랐다.

사삭!

시야가 닿는 모든 것이 세 동강이 난 채 바닥에 널브러진 모습을 본 제레미는 무릎을 꿇은 채 쌍검으로 땅을 짚어 쓰러지려는 몸을 가누었다.

"헉! 헉!"

가쁜 숨을 내쉬며 남아 있는 적이 없는 지 확인한 제레미는 서 있는 적이 보이지 않자 안심하며 떨리는 무릎을 펴며 자리에 주저앉았다.

"휴우우."

털썩!

유리안도 창백한 안색으로 제레미 옆에 주저앉으며 호흡을 가다듬었다. 제레미에게 자신의 능력을 전이시키느라 힘이 들기는 했지만 해야 할 것은 해야 했다.

"이제 끝난 것 같다."

기운을 퍼트려 샴발라를 비롯해 주변을 확인한 유리안이 상황이 종료됐음을 알렸다.

세 시간이 넘게 달려드는 드래고니안과 골렘을 처리한 테라나인의 팀원들은 유리안의 말에 다들 숨을 몰아쉬며 바닥에 주저앉았다.

신성의 씨앗이 발아해 상위 존재가 되었음에도 워낙 많은 수의 적들을 상대했기 때문인지 다들 지쳐 있었다.

"유리안, 정말 끝난 거냐?"

"그래, 느껴지는 것이 아무것도 없으니 끝난 것 같다. 샴발라에 쳐져 있던 결계도 회복이 된 것을 보면 당분간은 괜찮을 것 같다."

이제 감각만으로도 인지가 가능한 범위까지의 상황을 확실히 파악할 수 있게 된 유리안이 대답을 했다.

“정말 지독한 놈들이었다. 아직까지 떨리는 것을 봐라. 검을 잡은 손도 내 힘으로 풀지 못할 정도다.”

제레미가 잘게 떨리는 손을 들어 보였다.

“그래, 정말 엄청난 전투였다. 우리의 격이 상승하지 못했다면 우리가 저 꼴이 되었을 텐데, 정말 다행이다.”

유리안의 대답에 제레미는 고개를 들어 앞을 바라보았다. 남아 있는 적이 있나만 확인했었던 제레미는 자신들이 만들어 낸 참상을 확인할 수 있었다.

‘정말 엄청나구나. 우리가 저렇게 만들었다니 지금도 믿어지지 않는다.’

헤아릴 수 없이 많은 수의 주검과 파편들이 바닥에 널려 있었다. 서로 상잔하며 쓰러진 수는 얼마 되지 않았다. 대부분이 자신과 테라 나인의 작품이었기에 제레미가 고개를 절레절레 저었다.

‘다시 하라면 못할 것 같다.’

싸울수록 늘어가는 권능에 취해 정신없이 움직였다. 마지막에는 본능적으로 싸웠을 뿐이었다.

‘계속해서 커져가는 투기에 잡아먹히지 않은 것이 다행이다. 돌아가면 수련을 좀 해야겠다.’

자칫 권능에 사로잡혀 이성을 잃고 폭주할 뻔했다. 유리안이 자신의 권능을 전이시켜 이성을 회복시켜 주지 않았다면 반드시 그렇게 되었을 것이기에 제레미는 진저리를 쳤다.

"어느 정도 회복을 하면 돌아가자."

"저것들은 어떻게 하지? 여기에 남겨 놓으면 곤란할 것 같은데 말이야."

"어쩔 수 없는 일이다, 제레미. 지금 상황에서 회수처리조를 부를 수도 없고, 아공간 팩이 있으니 가져갈 수 있을 만큼만 가져가야 할 것 같다."

"그래야 할 것 같다."

드래고니안이나 골렘의 크기가 만만치 않았다. 전부 회수할 수 없는 상황이 최대한 많이 가져갈 수밖에 없었다.

각자 가지고 있는 아공간 팩이 대충 트럭 한 대 분량 정도의 물건을 담을 수 있다, 한 사람 당 각각 대여섯 개체는 기지로 운반할 수 있을 것이니 그것으로 만족했다.

"쉬는 것도 좋지만 저놈들의 잔해를 회수해야 하니 각자 가지고 있는 백팩에서 꼭 필요한 필수품을 제외하고 다 버리도록 한다."

유리안의 말리 떨어지자 팀원들이 전투 슈트 등에 달려 있는 백팩을 개방했다.

공간을 분할하고 왜곡시키는 마법이 걸려 있는 백팩이 열리자 일제히 에테르를 움직여 아공간을 개방했다.

식량 일부와 무기를 제외한 물건들을 모두 꺼낸 후 드래고니안과 골렘을 아공간에 담기 시작했다.

전투를 벌이며 대부분 파괴되거나 잘게 찢긴 것들이 많아 대부분 제리미가 마지막으로 처리한 드래고니안과 골렘들이 아공간에 담겨졌다.

“담았으면 곧바로 이탈한다. 최대한 이목을 피해 이동을 하다가 회복이 되면 포털을 열 것이다.”

제레미가 먼저 백팩을 닫으며 팀원들에게 말했다. 각자 잔해 회수를 끝마친 테라 나인은 백팩을 닫고는 이동할 준비를 했다.

“유리안, 뭐하는 거냐?”

“살펴볼 것이 있어서 그런다.”

“샘플이 있으니까 가서 살펴보면 될 테니 그만 이동하자.”

이미 샘플을 아공간에 담았지만 다른 사람들과는 달리 움직이지 않고 쓰러져 있는 골렘을 살피는 유리안을 재촉했다.

“지금이 아니면 살펴볼 수 없을 것 같아서 그런다. 조금만 기다려라.”

“뭐 다른 거라도 있냐?”

유리안이 특별한 것을 발견한 것 같아 제레미가 가까이 다가섰다.

“여길 봐라.”

“으음.”

유리안이 가리키고 있는 단면을 바라본 제레미가 신음을 흘리고 있었다. 골렘의 내부 부품 위에 새겨져 있던 문양들이 천천히 사라지고 있었는데, 제레미도 익히 아는 것들이었다.

“외부에 노출되면 사라지도록 만들어진 것 같다.”

"그자들이 연합을 했다고 봐야 하는 거냐?"

"확실하지는 않지만 그렇다고 봐야 할 것 같다."

"으음."

부품 위에 새겨져 있다가 이제는 사라지고 없는 문양들은 모두 세 조직의 것이었다.

'문양대로 그들이 만든 것이라면…….'

이면 세계에서 만만치 않은 위치를 차지하고 있는 그 조직들이 연합해 만든 골렘이라면 상황이 심각했다.

지금까지 알고 있던 정보들을 모조리 다시 확인해야 할지도 모르는 중대한 일이었기 때문이다.

"제레미, 아직은 누구에게도 말하지 마라. 대장에게 말하고 좀 더 확인을 해 본 뒤에 결론을 내려야 할 테니 말이다."

"그래 알았다. 쉽게 꺼낼 수 없는 이야기니까."

"일단 이곳을 벗어나자."

유리안이 아직도 쓰러져 있는 골렘을 바라보는 제레미를 이끌었다.

"이동한다. 최대한 감각을 키워 주변을 살피도록 한다."

고원 지대라 사람이 없기는 하지만 다른 사람들에게 걸리지 않도록 주의하며 이동을 시작했다.

테라 나인의 이동은 그리 오래 걸리지 않았다.

두 시간 정도 움직이자 전투를 벌이기 전 정도로 몸이 회복되어 포털을 열고 공간 이동을 했다.

에테르 폭풍이 전보다 더욱 강하게 휘몰아치고 있어 텔레포트는 불가능해졌지만 차훈으로부터 공간 이동의 권능을 부여받은 터라 포털을 열고 비밀 기지로 돌아갈 수 있었다.

제9 장

차훈은 제레미와 유리안 일행이 떠나기 전에 봤던 것을 확인할 수 있었다. 연관성을 확인할 수 있기를 바랐는데 뜻하지 않은 곳에서 확인할 수 있었다.

저들이 본 것은 러시아, 중국, 영국, 독일, 일본의 이면 조직들이 표식으로 삼는 문양이다.

하지만 그것이 전부가 아니다. 브리턴의 황가와 공작가들의 문양도 존재했다.

확인을 해봐야겠지만 골렘은 양쪽 세계의 존재들이 합작해 만든 것이었다.

— 골렘이 드래고니안과 싸운 이유가 뭐지? 아주 미친 듯이

없애려고 하던데 말이야.

— 확인을 할 수 없지만 지금까지 나온 단서는 하나뿐입니다.

— 둘 다 이계의 힘을 근원으로 움직인다는 것뿐인가?

— 그렇습니다.

— 골치 아프군. 샴발라로 들어갈 수 있으면 좋을 텐데 말이야.

— 위험합니다, 마스터. 마스터께서 보유하고 계신 에테르의 근원이 흔들릴 정도라면 아직 들어가시면 안 됩니다.

— 나두 알아. 잘못하면 펑! 제기랄!

처음 도착했을 때 샴발라 안으로 들어가려다가 낭패를 봤다.

발을 디디기 무섭게 심장이 터질 것 같은 고통이 찾아오더니 곧바로 무기력해졌기 때문이다.

곧바로 빠져나와 다시 기운을 찾을 수 있었지만 다시 생각해도 아찔한 일이었다.

방금 전에 본 것들이 어떻게 샴발라에서 나왔는지 확인하기 위해서는 그곳으로 들어가야 하지만 선불리 그럴 수는 없다. 젠의 말처럼 다시 들어갔다가 무슨 일이 벌어질지 모르는 상태니 말이다.

— 죄송합니다. 아직 마스터께서…….

— 나도 알아 젠. 내가 아직 완전하지 않다는 걸 말이야. 너

에게 화낸 것이 아니니까 미안해할 필요는 없어.

— 계획하신 것을 빨리 진행시키는 것이 나을 것 같습니다. 에테르 폭풍이 더 강해지고 있지만 일반인들하고는 전혀 상관이 없으니 말입니다.

— 그래야겠어. 그렇지 않으면 아무것도 할 수 없을지도 모를 테니까.

— 알겠습니다.

— 이제 저것들을 수거하도록 해. 하나도 남김없이 말이야. 움직일 수는 없지만 재활용하면 큰 도움이 될 테니까.

— 알겠습니다.

젠이 아공간을 열어 바닥에 널브러진 드래고니안과 골렘들을 수거하기 시작했다. 부서진 골렘의 부품이나 파편은 물론, 드래고니안의 신체 조직이나 흙 속으로 스며든 체액까지 모두 수거했다.

능력자가 아공간에 물건을 담는 것이라면 불가능한 일이었겠지만 전투가 시작되고 난 후 모든 물질을 실시간으로 체크하고 있는 젠이었기에 가능한 일이었다.

워낙 세밀한 작업이라 상당한 시간이 걸렸다. 제레미 일행이 포털을 이용해 비밀 기지로 돌아간 후에도 두 시간이나 더 걸렸으니 말이다.

— 남아 있는 것은 없지?

— 티끌도 남아 있지 않습니다.

— 흔적을 조작하는 것은 어떻게 됐어

— 테라 나인과의 전투로 발생한 흔적은 모두 지우고 골렘과 드래고니안의 전투 흔적만 남겨 두었습니다.

— 대지에 남아 있는 기억은?

— 테라 나인에 대한 기억은 모두 지우고 골렘과 드래고니안의 전투를 중첩시켜 놓았습니다. 그리고 에테르 폭풍으로 인해 두 시간 정도가 지나면 대지에 남아 있는 기억 자체가 소멸할 테니 알아낼 존재는 없을 겁니다.

— 고생했어. 젠. 이제 그만 돌아가자. 날 찾는 것 같으니 말이야

— 예, 마스터.

팟!

젠의 대답과 동시에 공간 도약을 통해 비밀 기지로 돌아갔다. 밖으로 나간 것을 들키지 않기 위해 내가 이동해 간 곳은 침실에 붙어 있는 샤워실이었다.

샤워기를 틀고 몸을 씻었다. 혹시나 남아 있을지 모르는 체취를 지우기 위해서다.

쏴아아아!

뜨거운 물이 머리를 적시니 한결 나아졌지만 고민이 사라진 것은 아니다.

창조주가 건설한 세상들에 존재하는 에테르를 모두 얻어 더 이상 내 앞을 막을 것들이 없을 거라고 없다고 생각했는데 오산이었다.

'샴발라 안을 들여다보는 것도 그렇고, 안에서 어떤 일이 벌어졌는지 알아내는 것은 현재로서는 불가능하다. 나를 무기력하게 만들었던 원인을 한시라도 빨리 찾아야 하는데 걱정이군. 인과율 시스템을 자유로이 접속할 수 있는데다가 마나 마스터에 버금가는 권능을 지닌 젠 마저도 샴발라 안은커녕 외곽에 펼쳐져 있는 다른 결계가 무엇인지 알아볼 수조차 없으니…….'

샴발라의 외곽에 펼쳐져 있는 결계는 총 두 종류다. 하나는 이번에 무너졌다가 내가 강화해 복구시킨 결계이고, 또 다른 하나는 그 바로 안쪽에 설치된 미지의 결계다.

내가 정신을 잃을 뻔할 정도로 무기력해진 것도 그 결계를 넘어서려고 접촉했기 때문이었다.

결계에 닿은 순간, 거대하면서도 거칠기 그지없는 광활한 기운에 내 심장이 격하게 반응하기 시작했고, 결정처럼 하나가 된 에테르가 순식간에 증발되듯 사라지면서 무기력하게 변했다.

엄청난 고통이 밀려오면서 순간 심장이 터지는 줄 알았다. 내 심장이 무엇 때문에 반응한지는 모르지만 분명한 것은 결계에 흐르고 있는 기운 때문이라는 것이다.

'결계에서 발을 빼는 순간 원래대로 회복이 됐다. 진짜 사라졌다면 그렇게 될 리는 전혀 없고……. 도대체.'

내가 가지고 있는 에테르는 엄청난 양이다.

지금 지구와 연결된 세계에 불고 있는 에테르 폭풍보다도 훨씬 많은 양을 가지고 있다. 그런 것이 한순간에 모두 사라졌다가 곧바로 채워진다는 것은 있을 수 없는 일이다.

'제레미나 유리안은 결계를 뛰쳐나온 놈들에게 두려움과 공포를 느끼고 있었다. 두려움과 공포라…….'

두 사람은 드래고니안과 골렘에서 흘러나오는 미지의 기운에서 공포를 느끼는 중이었다.

'어째서 그런 감정을 느꼈을까?'

결계 안으로 들어갔었던 유리안은 두 번째 결계를 알아차리지 못했다.

그리고 드래고니안이나 골렘에서 흘러나오는 것과는 비교도 할 수 없을 정도로 엄청난 기운에 대해서도 알지 못했다.

'으음, 너무 커서 알지 못했던 건가?'

인간은 너무 큰 소리는 듣지 못한다. 인지의 범위를 벗어나기 때문이다. 기운의 강함이 너무 커서 초월의 영역을 벗어난 유리안도 느끼지 못한 것이 분명하다.

반면에 드래고니안과 골렘에서 발산되는 기운은 인지할 수 있는 범위에 있었기에 느꼈던 것이다.

'모든 것을 인식할 수 있었기에 공포에 질려 버린 건가?'

호랑이가 어떤 동물인지 모르는 동물들은 앞에 데려다 놓아도 아무렇지 않게 움직인다.

그렇지만 한 번이라도 호랑이의 무서움을 접해본 동물을 데려다 놓으면 오줌을 지린다. 호랑이의 무서움을 알기 때문이다.

그들도 마치 포식자 앞에 놓인 먹이처럼 떤 것이 분명하다. 공포에 질린 나머지 내가 가지고 있는 에테르들과의 연결도 끊어졌던 것이 분명하다.

'내가 가지고 있는 에테르가 사라진 것이 아니라, 연결이 끊어진 것이 분명했다. 그렇다면 무기력하게 된 원인이 나에게 있다는 말인데…….'

나와 연결된 세계를 움직이는 에너지인 에테르가 아닌 미지의 에너지는 에테르를 소멸시키는 힘을 가지고 있다.

두려운 것이기는 하나 질려서 나 자신도 모르는 사이에 에테르와 연결된 의지를 잃어버릴 정도는 아니다.

'설마!!'

나에게는 트라우마가 있다. 회귀 전에 겪었던 무수한 실험들로 인해 의식 깊숙하게 내재된 피해 의식 말이다.

의식하지 못하는 사이에 나 자신을 잃어버릴 정도의 충격을 주 수 있는 정신적 상처는 그것뿐이다.

'회귀 전의 기억 중에 잃어버린 것이 있는 것이 분명하다.'

봉인이 풀어지면서 찾지 못한 기억이 있는 것 같다. 아니 어쩌면 내가 일부러 잊어먹기를 바라는 탓에 잠들어 있을 지도 모른다.

'우선 잃어버린 기억이 무엇인지 찾아야 한다. 분명히 그 기운과 깊게 연관된 것이 분명하다.'

어느 정도 생각을 정리 했기에 샤워를 끝냈다. 수건으로 몸을 닦고 준비된 가운을 입고 밖으로 나갔다.

"후후후."

이불을 걷어찬 채 웅크리고 자고 있는 연미의 모습에 저절로 웃음이 나온다.

'누가 보기라도 하면 곤란하니…….'

속옷만 입고 있었기에 살며시 이불을 덮어 주었다.

"우우웅."

"후후, 잘 잤어?"

이불을 덮어 주자 잠이 깨는 지 눈을 비비는 연미에게 인사를 했다.

"어머!"

"놀라긴."

"언제 깬 거야?"

"조금 전에 깨서 씻었어. 곧 밥을 먹어야 할 것 같으니까 씻어."

"아, 알았어."

대답을 했으면서도 부끄러운지 선 듯 이불에서 나오려고 하지 않는다.

"나 먼저 나갈 테니까 천천히 씻어. 식사를 준비할 시간이 필요할 테니 부르면 나와."

"알았어."

옷장에서 옷을 꺼내 입고 침실을 나섰다. 다들 깨셨는지 거실에 나와 계셨다.

"연미는 자나? 사위."

"씻고 나올 겁니다, 장모님. 그나저나 배고프실 텐데 식사나 하지요."

"그렇기는 하지만……."

"직접 준비하지 않으셔도 될 겁니다. 드시고 싶은 것을 말씀해 보세요."

"먹고 싶은 것을 알려주면 준비해 주는 건가?"

"예, 장모님. 다른 분들도 먹고 싶은 것을 생각해 말씀해 주세요. 아마 웬만한 음식들은 다 될 겁니다."

탁자 위에 놓은 메모지와 펜을 들었다. 식당에서 서빙을 하는 웨이터처럼 식구들과 아저씨들에게 주문을 받았다.

주문을 다 받자 간단히 샤워만 했는지 연미가 거실로 나왔다.

"뭐 먹을 거야?"

"스테이크."

"굽는 정도는 어떻게 할 거야?"

"중간 정도 익혔으면 좋겠어."

"알았어."

주문을 다 받았기에 인터폰을 들었다.

— *필요하신 것 있으십니까?*

“다들 배가 고파서 그러니 식사할 음식을 좀 준비해 주면 좋겠는데.”

— 말씀만 하시면 됩니다.

“일반 스테이크…….”

메모지를 보며 적어 놓은 음식들을 하나하나 불러 주었다.

— *20분 후면 음식이 올라갈 겁니다. 맛있게 드십시오.*

“알았다.”

주문을 끝내고 인터폰을 내려놓았다.

“이십 분 후에 식사가 준비된답니다.”

“꽤 나 여러 가지를 주문했는데 금방 되는 구나.”

“이 기지에는 이백 여 명의 요리사가 있어 금방 만들어지는 것 같아요, 아버지.”

“이백 명의 요리사라…….”

“요리사들도 출신이 다양해서 세계 여러 나라의 음식을 맛볼 수 있다고 하니 먹고 싶은 것이 있으면 언제든지 시켜서 먹으면 됩니다.”

“알았다.”

다양한 인종이 머물고 있는 만큼 요리사의 출신지도 다양했다. 세계 각지의 요리를 먹을 수 있을 뿐만 아니라, 실력도 출중한 실력을 지닌 요리사들이라 맛도 좋을 터였다.

"사위."

"예, 장모님,"

"만날 이렇게 시켜서 먹어야 하는 건가?"

"남이 해주는 요리가 싫다면 직접 해 먹을 수도 있습니다. 필요한 식재료를 부탁하면 구해줄 겁니다."

"그렇다면 다행이네."

조금은 걱정스러운 표정을 지어 보이던 장모님의 얼굴이 환해졌다.

"다들 식당으로 가시죠."

얼마 있지 않아 식사가 시작되기에 모두들 식당으로 향했다.

우리가 거주하고 있는 공간의 중심부에 식당이 있다. 주방을 겸하는 식당으로 머무는 인원을 감안해 상당히 큰 공간으로 조성이 되어 있었다.

상당한 크기의 식당과 주방, 그리고 식탁이 구비되어 있었는데 장모님이 상당히 놀라는 표정을 지어 보이셨다.

중심부에 위치해 있기에 화물용 엘리베이터가 한 곳에 위치해 있었다.

시간이 되자 신호와 함께 엘리베이터와 함께 식사가 도착을 했고, 각자 주문한 음식들을 먹을 수 있었다.

음식 하나하나가 일류 쉐프들이 만든 것인지 상당히 맛이 좋았기에 다들 즐거운 식사를 할 수 있었다.

식사가 끝난 후 준비된 비디오 화면으로 비밀 기지에 마련된 주거 공간에 대한 활용법을 배울 수 있었다.

영어로 되어 있었지만 다들 할 줄 알았기에 알아듣는 것은 문제가 되지 않았다.

시청각교육이 진행되는 동안 나는 빈방을 찾아 들어갔다. 빈방에서 잃어버린 기억을 찾을 생각이다. 미리 이야기를 해 두었기에 당분간은 나를 찾지 않을 터였다.

— 젠, 지금부터 의식을 과거로 되돌릴 테니 주변을 경계해줘.

— 위험할 수도 있습니다, 마스터

정신 회귀를 통해 기억을 거슬러 올라가는 일이다. 자칫 기억의 오류에 빠져 자신을 잃어버릴 수도 있기에 젠이 경고를 해왔다.

— 내 과거의 기억 중에 우리가 샴발라에서 느꼈던 기운에 대한 단서가 있을 가능성이 높으니 어쩔 수 없는 일이야. 만약 그 기운이 외계의 것이라면 반드시 알아내야 해.

— 알겠습니다. 준비를 하겠습니다. 그리고 저는 지금의 마스터를 다시 봤으면 좋겠습니다.

— 고마워, 젠.

내가 있는 방을 중심으로 강력한 결계를 친 젠은 식구들이 머물고 있는 주거 공간에 다시 한 번 결계를 쳤다. 만약의 경우를 대비해 식구들을 보호하기 위한 조치였다.

젠의 조치를 느끼며 명상에 들었다. 천천히 의식 속으로 침잠해 들어간 후 기억을 되짚어 나갔다.

지금까지 일어난 모든 일들이 하나 같이 선명하게 기억이 나기 시작했다. 샴발라에서의 기억을 시작으로 하나하나 모든 것을 읽어 나갔다.

내가 가지고 있는 기억뿐만이 아니라, 나를 중심으로 주변에서 일어났던 일들의 파장을 읽어 들이는 것이라 신경을 집중해야만 했다.

인과율 시스템에 접속해 기록된 것도 함께 읽어나가야 하는 어려운 작업이었다.

비록 오래 살지는 않았지만 상당히 긴 시간의 기록이었다. 그래도 권능을 사용해 하루의 시간을 단 번에 인식하는 것이라 빠르게 과거를 되짚어 나갈 수 있었다.

다른 세계를 넘나드는 여정과 수기와 녹정을 얻었던 기억에 이어 수용소에서의 생활도 떠올랐다.

'으음, 이 시점이 스승님께서 나를 위해서 내게 봉인을 걸었던 때로군.'

인과율 시스템을 통해 돌아가시기 전에 당신의 모든 것을 전수해 주신 후 의식의 폭주를 막으려고 봉인을 거셨던 것을 확인할 수 있었다.

스승님이 거신 봉인은 이제는 전부 해제된 상태다. 스승님이 나에게 남긴 유산은 지금도 나에게 많은 도움이 되고 있는 중이다.

뒤를 이어 스승님과의 추억을 생각할 수 있는 기억을 읽을 수 있었다.

시간의 더욱 뒤로 거슬러 올라갔고, 회귀 후 나에게 가장 큰 변화가 일어났던 시점에 도달할 수 있었다.

할아버지에게서 어머니로 그리고 나에게까지 도달한 인간의 잠력을 농축시킨 혈정과 이 세계에 충만한 에테르들을 번개와 함께 흡수하던 기억이다.

'정말 끔찍하군. 다시는 겪고 싶지 않은 고통이다. 그렇지만 이런 고통으로 인해 지금의 내가 있는 것이지. 그나저나 혈정이 스스로 움직이고 지구를 잠식한 각 세계의 에테르를 번개를 통해 나에게 주입시켰던 것이 분명하군.'

태어난 지 얼마 지나지 않아 내가 변화는 과정을 지켜보는 것은 괴로웠다. 혈정으로 인해 의식이 거의 없는 상태에서 겪었던 고통이지만 지금은 다르기 때문이다.

인과율 시스템에 접속해 과거의 기록을 받아들이고 내가 주체로서 의식을 하는 탓에 고통을 직접 겪는 것이나 마찬가지니까 말이다.

고통의 시간이 지난 후 태어난 직후로 기억이 옮겨졌다. 지금까지의 기억에서는 별다른 점을 발견할 수 없었다.

'후우, 진짜는 이제부터다.'

태아인 시절로 기억이 천천히 옮겨졌다.

전생의 기억과 의식을 모두 가지고 있었기에 무척이나 선명한 느낌이다.

'봉인이 풀린 후의 기억과 풀리기 전의 기억에서 차이점을 찾아내야 한다.'

태어나기 직전 내가 건 금제가 작동이 되며 봉인이 되었다. 회귀전의 진짜 기억은 태아였을 때 가직하고 있다.

두 기억을 비교하다 보면 내가 잃어버린 기억이 무엇인지 찾을 수 있을 것이다.

나 스스로에게 봉인을 건 시점에 도달할 수 있었다. 태어나기 직전이다. 봉인의 과정을 알 수 있었고 곧바로 전생의 의식을 확인할 수 있었다.

'크으…….'

봉인이 풀린 후의 기억과 전생의 기억이 충돌하는 순간 고통이 밀려온다. 내가 지금 인식하고 있는 기억과 실제 기억의 차이에서 비롯되는 인식의 오류 때문이다.

인식의 오류가 불러오는 고통임을 알기에 애써 참으며 회귀전의 기억을 읽어 내려갔다.

제일 먼저 기억이 나는 것은 회귀 직전에 있었던 죽음에 대한 기억이다.

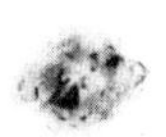

삐이! 삐이!

무척이나 거슬리는 소리. 내 마지막 숨을 재촉하는 소리인 것 같다. 눈은 뜨고 있지만 시체나 다름없는 상태다.

조명을 받은 실험 도구들이 뿌리는 시리도록 차가운 빛이 눈을 찌르지만, 움직일 수조차 없으니 말이다.

'어디서 실수를 한 거지?'

계획한 대로 움직였고, 예상한 대로 모든 것이 진행되었다. 어디서 틀어진 것인지 아무리 생각해 봐도 모르겠다.

— 아마 정신이 없을 거야. 그동안 잘해주었다. 너로 인해 우리가 세운 대계가 완벽해졌으니 말이다.

익숙한 목소리다. 보이지는 않지만 누군지 알 것 같다. 내가 세운 계획에서 전혀 고려하지 않던 자가 변수였다.

— 후후후, 분하겠지. 하지만 그럴 필요가 없다. 넌 태생부터 우리가 안배했던 존재니 말이다.

'후후후, 그랬던 건가. 내가 놈들에 의해 계획적으로 안배된 존재였던 건가.'

— 이제 수확할 때가 되었다. 네 안에 깃든 것들만 얻으면 우리는 세계를 손에 넣을 수 있게 될 테니, 자비를 베풀어 고통 없이 보내주도록 하마. 후후후, 하긴 의식이 없을 테니 고통도 없겠지.

'자비 같은 소리하고 있네. 의식이 있단 말이다. 헛소리할 거면 저 시퍼런 빛을 뿌리는 대롱들이나 치워라, 이 새끼야! 그나

저나 우리라고 했나?'

혼자가 아니라 우리라는 복수형을 사용했다면 놈 말고도 다른 존재가 있다는 뜻이다.

놈은 내가 완전히 의식이 없을 것이라 알고 있는 것 같다. 그러니 이런 실수를 했겠지.

'처음부터 찜찜했어. 내가 누군가에게 휘둘리고 있는지도 모른다는 느낌을 계속해서 받았지…….'

너희만 준비한 것이 아니다. 나도 나름 준비를 해왔다.

세계를 수도 없이 오가며 시간의 흐름을 비틀 수 있는 방법을 찾아왔다.

그러다 단 한 번!

시간의 역전을 이룰 수 있는 길을 찾아냈다.

'후우, 이제 시작인가?'

연필 굵기의 대롱들이 다가온다.

조금 있으면 저 대롱들이 내 몸에 꽂힐 것이다.

좁은 면적에 수십 개의 마법진이 새겨진 대롱들은 내가 가지고 있는 모든 것들을 뽑아낼 것이다.

'시작하자. 비록 지금 가지고 있는 기억들 중에 일부는 봉인될 테지만, 영혼의 각인을 통해 내가 바라봐야 할 것들을 새긴다면 놈들을 잡고 내가 원하는 것을 이룰 수 있다.'

영혼을 비트는 것과 동시에 지금과는 완전히 다른 성격을 창조해 각인을 시켰다.

푸푸푸푸푹!!

작업이 끝나자마자 수백 개의 대롱들이 전신에 꽂혔다.

'아프지는 않아서 좋군.'

감각이 없는 탓인지, 살과 뼈를 뚫는 소리가 들리는데도 고통이 없다.

'얼마 남지 않았다.'

지금 나는 인과율을 위반했다. 영혼을 비튼 탓에 지금 시간에 있어서는 안 될 존재가 된 것이다.

이제 틈이 보일 것이다. 시간의 빈틈이 말이다.

'시작했군.'

영혼으로 바라보는 세계가 갈라지기 시작했다. 일렁이는 검은 혼돈이 세상을 완전히 갈랐다.

'놈들이 어떤 안배를 했든 간섭을 덜 받기 위해서는 시간대가 중요하다.'

내가 가야 할 시간대는 정해져 있다.

태어나는 순간부터 놈들의 간섭을 받았을 테니, 인과율이 정해지기 전인 태아 때다.

'간다!'

쏴아아아!

모든 것이 분리되어 대롱을 따라 흘러 들어가는 것을 느끼며 시간의 빈틈 안으로 영혼을 던졌다.

틈 속으로 빨려 들어가며 정신이 희미해진다.

'내 마음이 가는 대로 할 것이다. 그리고 모든 것을 바꿀 것이다. 모든 것을…….'

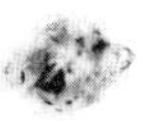

잃어버린 기억의 일부를 찾아냈다.

봉인은 태어나기 직전에만 있었던 것이 아니었다. 회귀를 하기 전, 죽음이 다가오기 직전에 한번 봉인이 되었다.

'내가 얻은 금판을 엮는 끈이 신물이었던 건가?'

영생과 불사의 비밀을 간직한 고개의 유물 속에서 얻었던 사슬 같은 끈이 내가 회귀를 할 수 있었던 이유다.

비밀 연구소에 있던 유물 속에서 우연치 않게 얻은 시간의 사슬을 통해서 회귀를 할 수 있었다.

잃어버린 기억 중 하나는 내가 실험실에만 있지 않았다는 것이다. 짧은 시간이지만 공간도약 능력을 이용해 세계 곳곳을 돌아볼 수 있었다.

내가 세계를 돌아다닌 이유는 바로 혈정을 찾기 위해서다. 혈정은 이 세계의 것이 아니다. 정확히 말하면 나에게 연결이 된 세계를 창조한 창조주와는 연관이 없는 것이다.

지금까지 창조주라고 생각한 존재는 우리가 살고 있는 세계를 만든 존재일 뿐이다.

그가 창조한 세계 밖에는 또 다른 세계가 있고, 그 세계에서 살고 있는 이들이 믿는 창조주는 따로 있다.

우리 세계의 창조주와는 전혀 다른 존재로 말이다.

창조주는 모든 세계의 근원이 아니다. 차원 신으로서 마나 마스터보다는 상위의 존재로 다차원의 세계를 구현할 수 있는 초월적인 존재일 뿐이다.

한마디로 말해서 차원 신 정도로나 불릴까, 근원이라고 할 수 있는 진정한 창조주는 아니라는 것이다.

분명히 혈정을 만드는 방법은 다른 차원에서 만들어진 것이다. 에테르를 소멸시켜 이 세계에는 없는 새로운 기운으로 전환을 시키니까 말이다

'혈정도 그렇지만 시간의 사슬은 더하다.'

시간의 사슬은 우리가 속한 차원이나, 혈정을 만들어낼 수 있는 지식을 전한 차원보다 더 상위의 차원에서 만들어진 것이다.

어쩌면 시간의 사슬이야말로 진정한 창조주가 만든 것일지도 모른다. 시간을 거슬러 올라간다는 것은 이 세계를 움직이는 시스템으로는 불가능한 일이니 말이다.

'내가 샴발라에서 에테르에 대한 통제를 잃은 것은 아마도 제약을 벗어날 방법을 찾기 위해 세상으로 나갔을 때 직접 겪어봤던 일 때문일 것이다.'

실험체로 이용당하는 동안 비밀 연구소의 눈을 속이며 공간 이동을 통해 세계 곳곳을 돌며 회귀를 하기 위해 필요한 유물들

을 수집했다.

신의 권능이 담긴 유물들과 내가 샴발라에서 느낄 수 있었던 그 기운을 품고 있는 유물들이 내가 수집하는 대상이었다. 내가 그런 유물들을 모으는 이유는 통제에서 벗어나기 위해서였다.

실험체로 쓰이면서 얻게 된 에테르들은 철저할 정도로 통제된 것들이다. 권능을 가진 존재들의 의지가 부여된 것이라서 비밀 연구소를 탈출한다고 해도 놈들은 생각만으로 나를 죽일 수 있었다.

샴발라에서 느낀 기운이 에테르를 소멸시킬 수 있었다. 이 정보 또한 비밀 연구소에서 우연치 않게 얻은 것이다. 통제를 벗어날 수 있는 유일한 방법이었던 것이다.

비밀 연구소에 있는 정보를 분석한 후에 유물에 대한 정보를 알아내고, 놈들의 시선을 속여 공간 이동을 해 유물을 수집했다.

그렇게 유물을 거두어들이기 위해 움직였을 때 나처럼 움직이는 존재들을 볼 수 있었다.

세계를 좌지우지 하는 이면 조직들조차 모르게 은밀하게 움직이는 자들이었다.

놈들의 시선을 피해 유물들을 모으던 와중에 그날이 왔다. 놈들이 말하는 수확의 때가 말이다.

내가 실험을 당한 데는 두 가지 이유가 있다.

능력을 개발하고 연구하는 것은 표면적인 이유고, 연결된 세계의 에테르를 하나로 통합해 응축한 기운을 배양하는 것이 진짜 이유다.

어느 정도 쓸모가 있을 정도로 커졌을 때 그것을 회수해 자신들의 권능을 높이는 것이 놈들이 실험 목적이었고, 나에게 그때가 닥친 것이다.

나에게 의지를 심은 에테르를 주입한 것이 바로 수용소장이라는 놈이었다. 스승님의 사제로 천환의 이제자였던 김형식 바로 그놈 말이다.

생각해 보면 이가 갈리지 않을 수 없는 일이다.

'이제 모든 것이 기억이 났다.'

지금에서야 의문이 들고 과거를 되짚어 본 것도 아마 회귀 전의 봉인 때문일 것이다. 내 생각처럼 트라우마 때문에 무기력해진 것이 아니었다.

회귀 후에 당시에 수집하던 기운과 동일한 기운을 마주했을 때 봉인이 풀리도록 금제를 했다.

같은 기운을 마주하는 순간 금제로 인해 에테르와의 연결이 끊어지고, 과거를 찾기 위한 행동을 불러오도록 세팅이 되어 있었던 것이다.

'그나저나 놈들이 그런 방법으로 권능을 높이고 있었다니, 대책을 세워야 한다.'

알고 보면 나 같은 존재가 비밀 연구소에 상당히 많았다.

배양이 완성되기 전에 죽어나간 이들도 많았지만 상당수가 살아남아 놈들에게 수확이 되었을 것이다. 나 보다 이전에 실험에 이용된 이들도 있었으니 아주 오래 전부터 그런 방법이 사용됐을 것이 분명했다.

'수확된 것들은 모두 권능의 격을 높이는데 사용이 되었다. 내가 지니고 있었던 에테르만 해도 신격을 가진 존재에 뒤지 않을 정도로 많은 양이었으니 놈들이 가진 힘이 어느 정도인지 가늠조차 되지 않는다. 그리고 위험한 것은 놈들뿐만이 아니다. 외계의 기운이 담긴 유물들을 찾으러 다닌 존재들에 대한 대비도 해야 한다.'

복수를 해야 할 놈들에 대한 처리와 비밀스럽게 음모를 준비하는 놈들을 대처하려면 곧바로 계획을 시작하는 것이 좋을 것 같다. 지체할 시간이 없으니 말이다.

'젠이 걱정할 테니 이제 빠져 나가자.'

젠과의 연결도 끊어진 상태나 마찬가지기에 의식을 환기시켰다. 곧바로 심층 의식에서 빠져나올 수 있었다.

— 젠, 내가 돌아왔다.

— 괜찮으신 겁니까?

젠의 상태가 상당히 불안한 느낌이다.

— 나는 괜찮은데, 무슨 일이 있었던 거야?

— 마스터께서는 이곳에서 거의 하루 동안 깨어나지 않으셨습니다.

— 하루 동안이나?

— 예, 마스터.

— 난리가 났었겠군.

— 예, 마스터. 밖에 계신 분들은 마스터께서 말씀하신 덕분에 별일 없었지만 비밀 기지로 돌아온 이들이 마스터를 뵙기 위해 수시로 연락이 왔었습니다.

— 곧바로 만나봐야겠군. 연락을 하고, 이쪽으로 올 수 있게 승인을 해주도록 해, 젠.

— 알겠습니다.

우리가 있는 공간은 물론이고, 비밀 기지의 통신망을 전부 장악한 젠이다. 내 목소리도 변조해 연락을 취하고, 테라 나인을 이곳에 출입할 수 있도록 승인을 내주는 것이 어렵지 않을 것이다.

자리에서 일어나 방을 열고 밖으로 나갔다. 거실로 가니 다들 걱정스러운 표정으로 앉아 있었다.

"당신, 괜찮은 거예요?"

'뭐지?'

연미의 말투가 완전히 달라졌다. 쑥스럽게 마치 오래된 부부 사이에서나 쓰는 말투에 존대까지 한다.

"괜찮아."

"걱정했어요. 아버님과 부모님들도 모두 걱정하셨고요."

"걱정을 끼쳐드려서 죄송합니다. 앞으로의 일도 생각해 보고

수련을 시작했는데 작은 깨달음이 있어서 삼매에 빠져 있었나 봅니다."

"별다른 일이 없었다니 다행이다."

"깨달음을 얻다니 축하하네, 사위."

걱정스러운 표정을 푸시며 말씀하시는 아버지와는 달리 장모님이 환하게 웃으시며 어깨를 두드려 주신다. 깨달음이 격을 지닌 존재에게 어떠한 것이라는 것을 아시는 까닭이다.

"그저 작은 깨달음일 뿐입니다, 장모님."

사실 작은 것이 아니다.

과거로 회귀하며 읽은 기억들로 인해 내가 가진 것들이 어떤 것인지 확실히 알게 되었으니까.

덕분에 아직 통제가 잘 되지 않아 일부분밖에 사용할 수 없었던 것들을 완벽하게 사용할 수 있게 되었다.

제레미가 가지고 온 것들을 확인해 봐야 알겠지만 지금보다 더욱 강해질 수 있으니 아주 귀중한 시간이었다.

"당신을 만나야 한다고 탱크란 사람에게서 계속해서 연락이 왔었어요. 수련 중이라고 하니까 끝나면 곧바로 연락을 달라고 했는데. 어떻게 할래요?"

"만나야지. 응접실에서 만나도록 할게."

"제가 연락을 할까요?"

"그래줘. 난 좀 씻어야 할 것 같으니 말이야."

과거로 회귀하는 동안 몸에도 변화가 있었는지 격하게 수련을 한 사람처럼 시큼한 냄새가 난다.

연미가 연락을 하고 테라 나인이 오는 동안 씻으면 시간이 맞을 것 같았다.

"알았어요. 입을 옷들이 부족해서 부탁을 했더니 옷들이 왔어요. 옷장 안에 있으니까 갈아입으면 되요."

"알았어."

"연미야."

내가 대답을 하는 것과 동시에 장모님이 연미를 부른다.

"왜요?"

"남편 옷 수발은 아내가 드는 거란다. 시중을 드는 것이 아니라 바깥일을 많이 하는 남편 건강이 어떤지 살펴보고 대화할 수 있는 기회니까 말이다. 전화를 하고 난 다음에 네가 박 서방 옷 수발을 하도록 해라."

"알았어요, 엄마."

말투가 변해 버린 연미에게서 어색함을 느꼈는데 모두가 장모님 때문인 것 같다.

"들어가서 씻을게."

"연락을 하고 조금 있다가 들어갈게요."

괜히 기분이 좋았다.

그저 남자로서의 우월감 때문이 아니라 연미가 노력을 하고 있고, 그 노력이 나를 사랑하기 때문이라는 것을 알기 때문이다.

침실로 가서 몸을 씻었다. 다 씻고 가운이 보이지 않아 팬티만 입고 나왔는데 연미가 기다리고 있었다.

"씨, 씻었어요?"

"응."

"어서 입어요."

나에게 주려고 침대에 널어놓은 옷을 집으려는 연미를 등 뒤에서 안았다.

"고마워. 앞으로 잘 할게."

"니도 잘 할게요. 어서 옷 입어요. 금방 도착할 거예요."

"알았어."

포옹을 풀고 연미가 집어 주는 옷을 하나하나 입었다. 장모님의 말처럼 건강을 살피려는 듯 내 몸을 주시하던 연미의 얼굴이 붉어진다.

'후후후, 귀엽네.'

처음 하나가 된 후 죽도록 패던 연미는 온데간데없다. 나를 위해 노력하는 아내가 있다는 생각에 마음이 흐뭇하다.

옷을 다 입고 밖으로 나와 응접실로 향했다. 밖으로 나오니 어느새 올라온 것인지 탱크를 비롯한 테라 나인이 응접실에서 기다리고 있었기 때문이었다.

가족들이 머무는 공용 공간인 거실과 다르게 응접실에는 각종 시설이 구비되어 있었다. 회의용 공간과 간단한 스낵바가 있었고, 잠깐 눈을 부칠 수 있는 침실마저 구비되어 있었는데, 응접실과 상황실을 겸하기 때문이었다.

테라 나인은 회의용 탁자에 앉아 있다가 내가 들어오자 다들 자리에서 일어났다.

"앉도록."

지시를 내린 후 상석에 가서 자리에 앉았다.

"보고할 것이 뭐지?"

"제가 먼저 보고를 드리겠습니다."

제레미가 처음으로 나섰다. 제레미는 내가 특정한 지역에서 유물들을 모두 회수했음과 그간 사용한 여러가지 내역을 보고했다.

보고를 마친 제레미는 자신이 얻은 것들이 담긴 작은 상자를 넣은 케이스를 나에게 건넸다.

"수고했다."

"다음은 제가 보고를 드리겠습니다."

뒤를 이어 유리안이 보고를 했고, 샴발라에서 발생했던 일과 나에게 보고하지 못해 회수한 드래고니안과 골렘을 연구 부서에 넘기지 않고 가지고 있음을 말했다.

"그것들은 연구 부서에 넘기고 어떤 존재들인지 파악을 하라고 하도록. 예상치 못한 상황이니 빠른 시일 내에 성과가 났으면 좋겠군."

"최대한 서두르도록 조치를 하겠습니다."

"51구역은 어떻게 됐나?

“이걸 보십시오.”

내 오른편에 앉아 있던 탱크가 조심스럽게 커다란 알루미늄 케이스를 책상 위에 올려놓더니 잠금장치를 풀고 내용물을 보여주었다.

“이게 뭐지?”

“마스터께서 말씀하신 루트를 따라 51구역에 잠입한 후 비밀 금고실에서 발견한 것입니다. 이렇게 가져온 것은 유리안과 제레미의 보고와 관련이 있기 때문입니다.”

상자 안에 있는 것들은 콩알만 한 검은색 물체들이었다. 재질을 알 수 없는 것들이었는데 발산되는 기운으로 봤을 때 탱크가 심각한 표정을 지은 이유를 알 수 있었다.

“제레미와 유리안이 느꼈던 기운이 저것들에서도 느껴지는 모양이군.”

“그렇습니다.”

샴발라에서 느꼈던 미지의 기운이 발산되고 있었다.

드래고니안이나 골렘에서 느껴지는 것보다 훨씬 강력한 기운이 말이다.

‘미국 정부도 관여가 되어 있었던 건가?’

외계의 침입과 미국 정부가 관계가 있다는 증거물이다. 그렇지만 확신을 할 수 없다.

‘정부 내의 비밀 집단일 가능성이 훨씬 높다. 정권이 바뀌는 동안에도 51구역은 지속적으로 운영이 됐으니까.’

좋지 않은 상황이기는 하지만 적아가 명확해지기 전까지는 판단하지 않는 것 좋다.

"그런데 발견할 것은 이것뿐인가?"

"최첨단 기술이 적용된 무기들이 있기는 했습니다만, 대부분 보유하고 있는 것들이었습니다. 보유하지 못한 것들하고, 프로젝트와 관련한 문서들만 가지고 왔습니다."

"으음, 이건 아공간이 적용된 가방인 것 같은데 양이 얼마나 되는지 확인은 한 건가?"

"그것들은 비밀 금고실 내부에 있는 특별한 밀실에서 있었습니다. 비밀 금고실의 절반 정도의 크기의 공간에 전부 이것으로 채워져 있었습니다."

51구역은 지하로 엄청난 규모의 시설이 조성되어 있다. 그중 비밀 금고실이 대략 10층 정도 규모의 공간을 차지하고 있는데, 절반이라면 어마어마한 양이었다.

그 정도라면 저 물체의 숫자가 얼마인지 헤아리지도 못했을 터였다.

"알았다. 그런데 이것들에 대한 정보는 별도로 얻지 못했나?"

"그것들만 있고, 관련 내용이 담긴 파일이나 문서는 밀실에 없었습니다."

"그렇군. 조사해 볼 것이 있으니 이건 여기에 두도록."

"예, 마스터. 그리고……."

"신성의 노바 때문인가?"

"그, 그렇습니다."

무안한지 탱크의 목소리가 떨렸다.

"제레미는 탱크 팀장과 팀원들에게 지정된 노바를 건네도록."

"감사합니다, 마스터."

임무를 내릴 당시부터 테라 나인이 흡수할 노바들을 보관하도록 지시를 내려둔 터라 제레미가 감사의 인사를 했다.

"노바에 담긴 권능을 제대로 흡수하려면 실전이 제일 빠른 방법이다. 다른 이들은 샴발라에서의 전투로 대부분 흡수했을 테고, 탱크 팀장을 비롯한 팀원들은 조만간 기회가 생길 테니 수련을 게을리 하지 말도록."

"알겠습니다, 마스터."

"내일 이 시간에 다시 오도록. 지시를 내려야 할 것이 있으니 말이야."

"알겠습니다. 저희는 이만 돌아가 보도록 하겠습니다."

탱크가 대표로 인사를 한 후 테라 나인들이 자리에서 일어나 엘리베이터로 향했다.

— 젠, 이것들을 보관해.

— 아공간은 불가능할 것 같습니다.

— 아공간이 불가능하다면 새로운 공간을 창조하는 것은 가능해?

— 모든 것이 안정이 되었기에 추가 생성이 가능합니다.

— 그럼 지금 바로 만들고 나를 그 안으로 들여 보내줘.

젠이 허락을 하지 않아도 내 권속이라 그냥 들어갈 수는 있지만 젠의 허락을 구했다.

— 알겠습니다, 마스터.

내가 앉은 뒤에 공간이 일그러지기 시작했다. 검은색의 비정형 입구가 만들어지는 아공간과는 달리 게이트와 비슷한 입구가 생겨났다.

— 어느 정도의 공간이지?

— 한반도 크기는 될 겁니다.

— 그럼 들어갈게.

젠에게 말한 후 새롭게 생성된 공간으로 들어갔다.

'신기하단 말이지. 창조에 가까운 능력을 젠이 가지고 있다니 말이야.'

게이트 너머의 세상과 같이 젠이 만든 세상은 허상이 아니다. 재미있게도 이 세상은 자신이 만든 것임에도 젠도 마음대로 하지 못하는 곳이었다.

놀랍게도 젠이 새로운 공간을 창조한 것이다.

딸칵!

알루미늄 케이스를 들고 안으로 들어간 후 잠금장치를 풀고는 아공간을 해제했다.

좌르르르르르.

열린 케이스 안에 있던 물체들이 분수처럼 솟아오르기 시작했다.

그러고는 스스로 움직이기 시작했다.

안에 깃들어 있는 의지들이 하나하나 깨어나고 있었다.

〈『그린 하트』 제8권에서 계속〉

좀비묵시록 82-08
더 리터너
기망하다
책향기

Bondage Marriage

BOOKS
로그인
강력 추천! 종이책
사랑도 아니면서
김제이
처음부터 너...
소낙연
신간

BBULMEDIA

BBULMEDIA